海の金魚

ひろはた えりこ・作● 吉川 聡子・絵

海の金魚◆もくじ

●**北方領土《ほっぽうりょうど》《地図》**

北海道《ほっかいどう》の東側《ひがしがわ》につらなる日本固有《こゆう》の島《しま》じま。歯舞諸《はぼまいしょ》島《とう》、色丹島《しこたんとう》、国後島《くなしりとう》、択捉《えとろふ》島《とう》がある。

太平洋戦争後《たいへいようせんそうご》、強制的《きょうせいてき》にソ連《れん》に占領《せんりょう》され、ソ連《れん》の解《かい》体後《たいご》は、ロシア連邦《れんぽう》に引きつがれている。

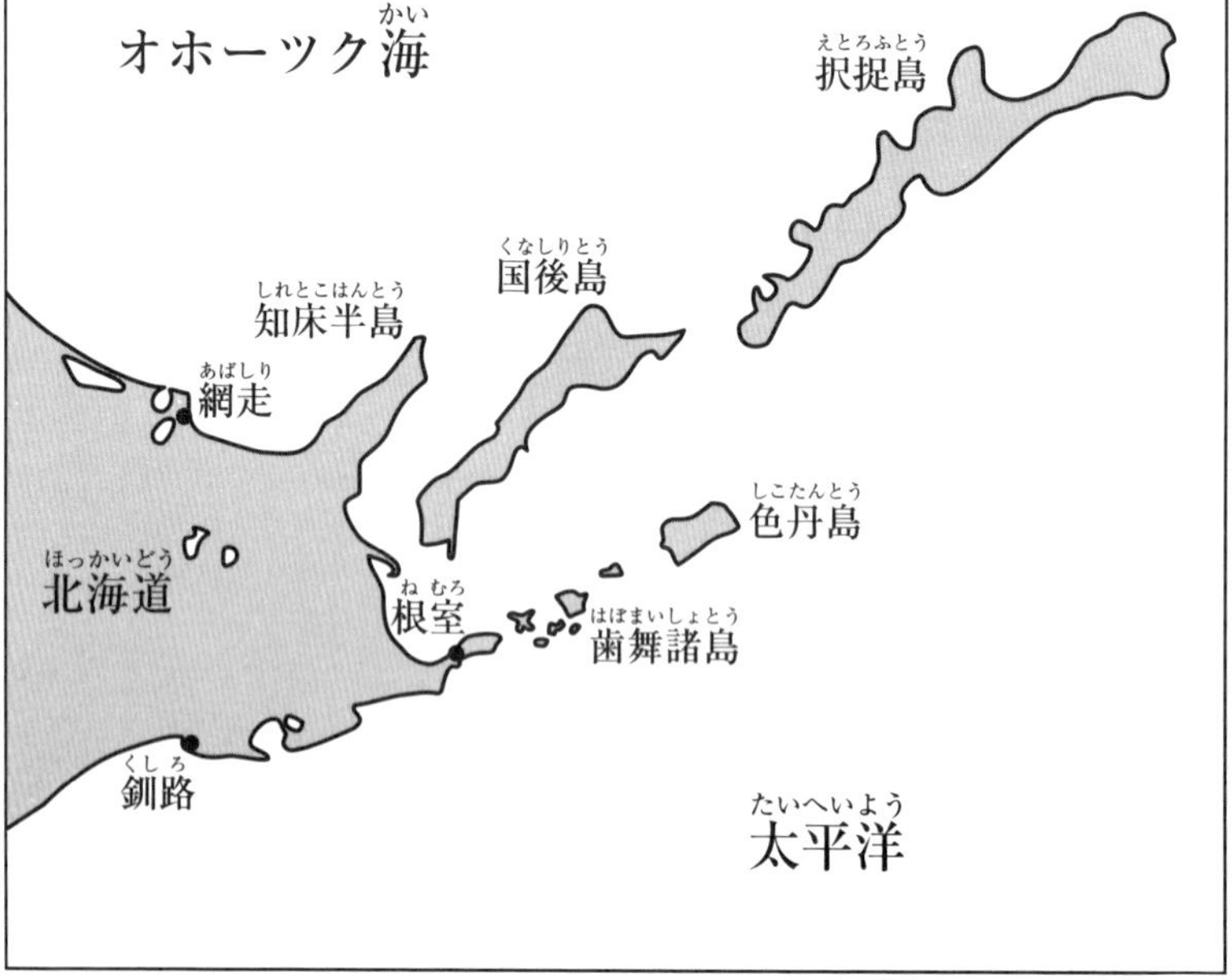

海の金魚

1　ゆううつな冬休み

足の下で、雪がキシキシと音を立てた。灰色《はいいろ》の空から、魔法《まほう》みたいに雪が生まれてくる。まつ毛にのっかった雪がじんわりととけた。

札幌《さっぽろ》の夏は短《みじか》い。気が付《つ》くと、いつのまにか冬になっている。十二月の風は、針《はり》のようだ。ほっぺたに無数《むすう》につきささる。

ぼくは、ダウンジャケットのポケットに手を入れたまま、足ぶみをしていた。じっとしていると、つま先から、寒《さむ》さがはい上がってくる。もう少し厚《あつ》い靴下《くつした》をはいてくればよかった。朝の天気予報《よほう》では、今日も気温はマイナス五度以下になるそうだ。

こんな日はバスになんか乗《の》りたくない。このまま乗《の》るのをやめて、帰ってしまおうか。

……そう思った時、バスが雪を巻《ま》き上げて止まった。

「フー。」

ぼくは、十回目のため息《いき》をついた。となりにすわっているおばさんが、顔をしかめてぼくを見た。ぼくは、ゆっくり目をそらす。しかたないよ。子どもだって、ため息《いき》をつきたい時だってあるさ。とくに今日みたいな日は……。

「ハァー。」

十一回目のため息《いき》。おばさんが口をとがらせて横《よこ》を向《む》いた。この人、ちょっと似《に》ているかもしれない、久《ひさし》さんに。

久《ひさし》さんから電話が来たのは、きのうの夜だ。

「はい、田中《たなか》でございま……。」

母さんの声が、一瞬《いっしゅん》つまった。この時から、いやな予感《よかん》はしていたんだ。

「はい、広夢《ひろむ》ですか？　ええ、いますけど……。」

母さんが横目《よこめ》でぼくを見た。久《ひさし》さんからだって、すぐわかった。手で×《バツ》を作るのが三秒《びょう》おそかった。母さんがさし出した受話器《じゅわき》を、いやいや受《う》け取《と》る。

「はい、広夢《ひろむ》です。」

「……うむ。わたしだ。」

これだもんなあ。

「こ、こんにちは。久《ひさし》さんはお元気ですか？」

「う……む。」

V《ブイ》の字につり上がったまゆ毛と、への字に折《お》れた口が見えるようだ。

「もう冬休みだな。」

ますますいやな予感《よかん》がした。

「水泳《すいえい》はどうだ、うまくなったか？」

「は……い。」

「は？　まあまあですけど。」

「ふむ……あした、一時。一週間いなさい。」

「ヒッ！」

電話は、もう切れていた。

「あした……一時……一週間……。」

泣《な》きたくなった。母さんを見ると、もっと泣《な》きそうな顔でぼくを見ていた。だいたいじいさんのくせに、自分を「久《ひさし》さん」と呼《よ》ばせるところからして変《か》わっている。

「わたしは、まだおじいさんと呼《よ》ばれるほど、年寄《としよ》りではない」と言うのが、その理《り》由《ゆう》。七十歳《さい》がじいさんでないなら、この世《よ》にじいさんはいないとぼくは思う。それに加《くわ》えて、ひどくがんこだ。自分がこうと思ったら、誰《だれ》の言うことも聞かない。ぼくがいやいや水泳《すいえい》を習《なら》っているのだって、久《ひさし》さんの命令《めいれい》なんだ。

「男子は、体力が一番大切だ、うむ。」

久《ひさ》さんの声が、耳によみがえる。自分は金魚の世話《せわ》ばかりしてるくせによく言うよ、とぼくは思う。


「ハアー。」

十二回目のため息《いき》。

「次《つぎ》の停車《ていしゃ》は……。」

重《おも》い手を動《うご》かして、停車《ていしゃ》ボタンを押《お》した。

雪がまだ降《ふ》り続《つづ》いている。ぼくはデイパックをしょいなおして、バスを降《お》りた。

久《ひさ》さんの家まで、ここから十分は歩く。

「この雪ん中、やだよなあ。」

十三回目のため息《いき》が白い煙《けむり》になって、空に上がっていった。

「広夢《ひろむ》。」

肩《かた》をたたかれてふり向《む》くと、おばあちゃんがふるえながら立っていた。

「よく来たわね。寒《さむ》かったでしょ。」

ずいぶん待《ま》っていたにちがいない。頭のてっぺんにうっすらと雪がつもっている。

「荷物持《にもつも》ってあげる。貸《か》しなさい。」

「いいよ、これくらい。」

おばあちゃんは、目を細めた。

「悪《わる》かったわねえ。久《ひさし》さんったらわがままで。」

「い……や。」

「まったく勝手《かって》に電話《でんわ》してしまうんだから。広夢《ひろむ》のつごうも聞かないで、ねえ。」

「いいよ。どうせ、ひまだしさ。」

冬休みの自由研究《じゆうけんきゅう》に、金魚の観察《かんさつ》日記でもつけようかな。久《ひさし》さんの家にいるのは、飼《か》い主《ぬし》に似《に》て、がんこな顔の金魚ばかりだけどさ。

歩き出そうとしたら、おばあちゃんがぼくのダウンジャケットのすそを引っぱった。

「ねえ、広夢《ひろむ》、ちょっと言いにくいんだけどね。」

「何？」

「久《ひさし》さんね、このごろ少し変《へん》なのよ。」

「え？」

ぼくは、足を止めた。

「変《へん》って……。」

もともと変《へん》じゃないか……その言葉《ことば》をあわててぼくは飲《の》みこんだ。

「びっくりしないでね。それだけは言っておこうと思って。」

おばあちゃんはそう言って、ブルンとふるえた。ぼくの気持《きも》ちが、しずんでいく。今まで以上《いじょう》に変《へん》だなんて、考えただけでゆううつになる。デイパックが、急《きゅう》に重《おも》くなったような気がした。


久《ひさ》さんは、家の外で待《ま》っていた。頭からすっぽり雪をかぶっていて、ぼくは雪だるまかと思って息《いき》を飲《の》んだ。

「まあ、久《ひさ》さん！　何やってるんですか？」

おばあちゃんが、大きな声を出してかけよる。

「う……む。」

久《ひさ》さんはうなり声を一つはき出すと、ぼくを見てくちびるの右はしを上げた。

「まあ、こんなに冷《つめ》たくなって。どうして中で待《ま》っていなかったんですか？」

「いや……今日は暑《あつ》かったからな。」

久《ひさ》さんはひとりごとみたいにつぶやくと、すたすたと家に入ってしまった。

「ほらね、ああなのよ。」

おばあちゃんは肩《かた》をすくめた。

「ほんとに暑《あつ》かったのかもしれないよ。」

「まさか、この天気よ。」

おばあちゃんは、うらめし気に空を見上げた。雪が心の中にまでしみてきそうで、ぼくは目をそらせて家の中にかけこんだ。

「ほんとに、今日は寒《さむ》い日ねえ。今、紅茶《こうちゃ》でもいれるからね。」

おばあちゃんは、いそいそと台所《だいどころ》に消《き》えた。

久《ひさ》さんは居間《いま》にいた。何もなかったかのように、金魚の水そうをのぞきこんでいる。

いつ見ても、すごい数の金魚だ。壁《かべ》いっぱいの大きさの水そうに、オレンジ色の金魚が、群《む》れをなして泳《およ》いでいる。

こんなにいるんだから、変《か》わった種類《しゅるい》の金魚が何匹《びき》かいてもいいのに、水そうの中にいるのは、どこにでもいるような金魚（和金《わきん》っていう種類《しゅるい》らしい）ばかりだ。

久《ひさし》さんは、こんな金魚を飼《か》って、どこがおもしろいんだろう。

「久《ひさし》さん、こんにちは。お久《ひさ》しぶりです。」

ぼくはいつものように、両手《りょうて》をついて深《ふか》ぶかと頭を下げた。こうしないと、後あとまでうるさい。

「む……。」

久《ひさし》さんの目が、水そうの横《よこ》からのぞく。その目が、たちまち三日月の形になった。

「よく来た、広夢《ひろむ》。待《ま》ってたぞ。」

「え?」

この愛想《あいそ》のよさはなんだ? しかも、久《ひさし》さんはぼくにウィンクまでしてきたんだ。

「久《ひさし》さん、ど、ど、どうしたんですか?」

ぼくの心臓《しんぞう》がざわざわとふるえた。十一年生きてきたけど、こんな久《ひさし》さんを見るのは初《はじ》めてだ。

「どうもしない。」

いつもの声にもどって、久《ひさし》さんは金魚にえさをやり出した。ぼくの思いちがいか?

久《ひさし》さんは、もうこっちを見ない。

「お待《ま》ちどうさま。」

おばあちゃんが、お盆《ぼん》を運《はこ》んできた。ケーキと紅茶《こうちゃ》がのっかっている。

「久《ひさし》さんも、食べますか？」

「そんな甘《あま》ったるいもの、わたしはいりません。」

やっぱり、いつもの久《ひさし》さんじゃないか。半分ホッとして、半分がっかりしながら、
ぼくはケーキを食べ始《はじ》めた。

「いただきますが、聞こえない。」

「い、いただきます！」

「このごろの小学生は、あいさつもろくにできん。まったくなっとらん。」

口の中でブツブツつぶやきながら、久《ひさし》さんは立ち上がった。

「どこへ行くんですか？」

「自分の部屋《へや》です。」

久《ひさし》さんは、背中《せなか》をピンとのばして出ていった。

ドアが閉《し》まると、ぼくの肩《かた》から力がぬけた。

「ゆっくり食べてね。」

おばあちゃんが、お皿《さら》をぼくの方に押《お》してきた。

「おばあちゃん、久《ひさし》さん、いつもと同じだと思うけど。」

「そう？　……そうかしらねえ。」

おばあちゃんが、首をかしげた。

そう……この時は、まだいつもの久《ひさし》さんだった。八十パーセントくらいは……。

2

島《しま》へ

天井《てんじょう》が高い。さっきから、ぼくは寝返《ねがえ》りをくり返《かえ》していた。

久《ひさし》さんが仕事《しごと》を辞《や》めてから建《た》てたというこの家は、ぼくと同じくらいの年だ。それなのに、どうもぼくによそよそしい。いやいやながら泊《と》めてくれている感《かん》じで、ぼくはいつも寝不足《ねぶそく》になる。それはこの高い天井《てんじょう》のせいかもしれないし、ぴかぴかにみがきあげられた床《ゆか》のせいかもしれない。

それとも、この部屋《へや》が、久《ひさし》さんの書斎《しょさい》のとなりにあるのが、悪《わる》いのかもしれない。

本当は、二階《かい》の部屋《へや》で寝《ね》たいのに、久《ひさし》さんが、どうしてもだめだ、って言うんだ。階段《かいだん》から落ちたらあぶないだなんて、ぼくを幼稚園児《ようちえんじ》とまちがえているんじゃないだろうか。

「あーあ。」

まだようやく一日が終《お》わるところだっていうのに……。ぼくは天井《てんじょう》をにらんだ。

だいたい父さんも母さんも、何で久《ひさし》さんの言いなりになるんだろう。

「がまんして行ってきなさいね。せっかく電話までくれたんだから。」

母さんのそわそわした声を思い出した。

「だけど、冬休み始《はじ》まったばかりなんだよ。何でぼくが……。」

「けんた君《くん》も、ゆう君《くん》も、おじいちゃんの家に行ったんだろ。遊《あそ》び相手《あいて》もいないじゃないか。行ってこい。」

父さんがこういう言い方をすると、久《ひさし》さんにそっくりだ。さすが親子だと思う。

たしかに、冬休みの間は友だちがみんな出かけてるんだよな。

「一人で行くのは、やだよ。いっしょに行こうよ。」

父さんと母さんは、顔を見合わせた。

「広夢《ひろむ》に、来なさいって言ったんでしょ。」

「だって……。」

「父さんも母さんも、忙《いそが》しいんだ。行けるはずないだろう。」

「一週間のしんぼうだからね。」

母さんが、ぼくの手をにぎってつぶやいた。

ぼくは思いっ切りふくれた。二人とも、久《ひさし》さんに付《つ》き合うのがいやなだけなんじゃないか。よっぽど、家出でもしてやろうかと思った。だけど、結局《けっきょく》ぼくはこうやって来てしまった。自分の勇気《ゆうき》のなさに、うんざりする。

ぼくは、もう一度《いちど》寝返《ねがえ》りをした。

ボーン、ボーン……

柱時計《はしらどけい》の音がひびく。この家の中でぼくが一番好《す》きなのは、この柱時計《はしらどけい》の音だ。

何だかなつかしい気持《きも》ちになる音なのだ。

柱時計《はしらどけい》は、金魚の水そうと向《む》かい合うようにして壁《かべ》にかかっている。ずいぶん古い物《もの》みたいだ。紅茶色《こうちゃいろ》の体に、小さな傷《きず》がたくさん付《つ》いている。

そうだ。夏休みに来た時も、この音に耳をすませたんだ。

久《ひさし》さんは、柱時計《はしらどけい》を見上げながらぼくに聞いたっけ。

「広夢《ひろむ》、お前、何歳《さい》になった？」

「十歳《さい》です。」

「何？　去年《きょねん》も十歳《さい》だったじゃないか。」

ぼくは、うんざりした。

「だって、まだ誕生日《たんじょうび》来ないもの。十一月一日で、十一歳《さい》だよ。」

「目上の人には、敬語《けいご》を使《つか》いなさい。」

「はいはい。」

「やっぱり、ちがうか。こいつが、そうとは思えない。」

久《ひさし》さんは横目《よこめ》でぼくをにらみながら、一人で文句《もんく》を言っていた。付《つ》き合いづらいじいさんだ。

時計の音が続《つづ》いている。……七……八……。もう十一時だ。ちっとも眠《ねむ》れやしない。

もう一度《いちど》、寝返《ねがえ》りをした時だ。

「え?」

十二番目の音が聞こえた。

ポ〜ン……

何だ、この音? さっきまでの音とは、ぜんぜんちがう。少し高くて、静《しず》かで、ふるえているような音だ。まるで、時計が内緒話《ないしょばなし》でもしているみたいだ。

ぼくが耳をすました時だ。

ザザ……ザー、ザザー

聞きなれない音がひびいてきた。

まさか、波《なみ》の音?

あわてて、ふとんからはい出す。音は、部屋《へや》の外から聞こえてくる。

ぼくは、廊下《ろうか》に飛《と》び出した。

波《なみ》の音が続《つづ》いている。居間《いま》から聞こえてくるようだ。久《ひさし》さんか、おばあちゃんが、CD《シーディー》でもかけているんだろうか。ぼくは、居間《いま》の戸をこわごわ開《あ》けた。

うす暗《ぐら》い闇《やみ》の中に、水そうがぼんやりと浮《う》かび上がって見える。金魚たちも眠《ねむ》っていたんだろう。オレンジ色の群《む》れが、ちぎれた折《お》り紙みたいに、水の中をゆっくりただよっている。

ぼくは、水そうに背中《せなか》を向《む》けた。波《なみ》の音は、向《む》かいの柱時計《はしらどけい》から聞こえてくるのだ。

ザザ……ザー……ザザー

くり返《かえ》し、くり返《かえ》し聞こえてくる。

「なんなんだ、この時計？」

自分の声がやけに大きくひびいた。急《きゅう》に背中《せなか》が涼《すず》しくなって、ぼくは回れ右をした。

「ヒイー！」

心臓《しんぞう》が飛《と》び出たかと思った。黒いかげが、立っていたのだ。

「シッ！」

久《ひさし》さんだった。人さし指《ゆび》を口に当てて、ぼくに近づいてくる。

「な、な、何で……、久《ひさし》さん。」

「何でって、ここはわたしの家だからな。」

久《ひさし》さんは、あごをなでて、ニッと笑《わら》った。そう言われてみればそうだ。何も驚《おどろ》くことはないんだ。久《ひさし》さんは、寝巻《ねまき》のえりを直しながら、ぼくを見た。

「お前はどうしたんだ?」

「ぼくは、あの、波《なみ》の音が聞こえたから、何だろうと思って。そしたらこの時計から……。」

「波《なみ》の音?」

久《ひさし》さんの目が光る。

「いや、あの……。」

「お前には、聞こえるのか。波《なみ》の音が?」

聞こえる。柱時計《はしらどけい》から、波《なみ》の音が聞こえてくる。久《ひさし》さんが、目をまるくしてぼくを見ている。ぼくは、寝《ね》ぼけているんだろうか。

「……ぼく寝《ね》ます。お休みなさい。」

久《ひさし》さんの脇《わき》をすりぬけようとしたら、腕《うで》をつかまれた。

「ウワア!」

「いちいちうるさいやつだなあ。少しは静《しず》かにできないのか。」

「は、はい。だけど……。」

久《ひさし》さんは太いまゆ毛をしかめて、ぼくを見ている。

「ちょっと、付《つ》き合いなさい。」

「えっ？　あの……。」

久《ひさし》さんにつかまれた腕《うで》が痛《いた》い。

「久《ひさし》さん、ぼく……。」

「静《しず》かに。ばあさんが起《お》きるとうるさい。」

久《ひさし》さんはぼくの腕《うで》をつかんだまま、廊下《ろうか》に出た。そこで、ぼくは、もう一度《いちど》驚《おどろ》いた。廊下《ろうか》からも音が聞こえてくる。時計と話をしているみたいに、波《なみ》の音がひびきあう。

それから、廊下《ろうか》が動き出した。

巻《ま》いてあったじゅうたんが解《と》かれていくように、するすると延《の》びていくのだ。

ぼくはまばたきをして、もう一度《いちど》目をこらした。長く延《の》びた廊下《ろうか》の先が見えない。濃《こ》い霧《きり》のような物《もの》が立ちこめていて、まわりが煙《けむ》っている。

「何をしている。早く来なさい。」

「だ、だって……。」

ぼくは、言葉《ことば》を飲《の》みこんだ。霧《きり》の向《む》こうに、モンスターがいたら、どうするんだよ。

久《ひさし》さんは、まゆ毛を上げた。

「いくじのないやつは、そこにいなさい。」

そう言うと、ぼくの手をはなした。そのまま、すたすたと歩いていってしまう。

「ま、待《ま》ってよ、久《ひさし》さん。」

待《ま》ってくれるような久《ひさし》さんじゃない。久《ひさし》さんの体は、霧《きり》の中にすいこまれるようにして見えなくなった。

ぼくは少しの間、そこに立っていた。霧《きり》が濃《こ》くなっていくようだ。いつまでも、こうしているわけにはいかない。

息《いき》をすいこむ。

よし！　モンスターがいたら、戦《たたか》おう。だいじょうぶだ。こっちには、久《ひさし》さんがいる。

ぼくは、思い切って足をふみ出した。自分の足が、かくかくとふるえているのがわかった。

霧《きり》の中に入る。ミルク色の闇《やみ》だ。こわごわと足を進《すす》める。

とつぜん、霧《きり》が晴れた。

ぼくは、息《いき》を飲《の》んだ。目の前に、広い海岸《かいがん》が広がっていたのだ。

草が、サワサワと音を立てている。

やわらかな風が、ぼくのほっぺたをかすめて通りすぎた。夏の初《はじ》めの風だ。

遠くでカモメの鳴き声がしている。

「何だ、ここ……どこだよ。」

ぼくは目をこすりながらつぶやいた。夢《ゆめ》を見ているにちがいない。ぼくは、天井《てんじょう》を見ているうちに寝《ね》てしまったんだ、たぶん。

「クックック……。」

不気味《ぶきみ》な笑《わら》い声にぎょっとしてふり向《む》くと、久《ひさし》さんが口に手を当てて笑《わら》っているところだった。

「久《ひさし》さん？」

「ウヒヒ……。とうとう来れたぞ。」

寝巻《ねまき》の体をくねらせながら、久《ひさし》さんは笑《わら》い続《つづ》けている。気が狂《くる》ったにちがいない。

「ちぇっ、だからジジイはいやなんだよ。」

とたんに、げんこつが落《お》ちてきた。

「誰《だれ》が、ジジイだって？」

「あれ？」

いつもの仏頂面《ぶっちょうづら》にもどっている。

「今どきの小学生はこれだからな、まったく。甘《あま》い顔なんて、できやしない。」

不機嫌《ふきげん》そうにつぶやいたあと、久《ひさし》さんは大きく息《いき》をはいた。

「ここだ、ここだよ。来たくて、夢《ゆめ》にまで見た島《しま》だ。」

「島《しま》？」

「ああ、わたしが生まれた島《しま》だ。」

ぼくは痛《いた》む頭をこすりながら、久《ひさし》さんの目線を追《お》いかけた。

海が見える。真《ま》っ青だ。

ドドーンという音がして、白い波《なみ》が、絵の具《ぐ》が飛《と》び散《ち》るようにくだけて消《き》えた。

「海……。」

「ああ、あれが、わたしの海だ。」

久《ひさし》さんが、何かにむせているような声で言った。

「久《ひさし》さん、泣《な》いてんの？」

「む……ば、ばかな。何言ってるんだ！」

もう一発《いっぱつ》げんこつが落《お》ちてきそうで、ぼくはあわてて飛《と》びのいた。

カモメが、ぼくを笑《わら》うように「ミャー」と鳴いた。

潮《しお》のにおいがする。いい気持《きも》ちだ。

久《ひさし》さんが、海に続《つづ》く一本道を歩き出した。

「あ、待《ま》って。」

こんなところに、一人で置《お》かれてはたまらない。

「いてて……。」

小石が足に痛《いた》い。久《ひさし》さんは、ぼくにはかまわず、海岸《かいがん》に向《む》かってずんずん歩いていく。

長く生きてる分だけ、足もじょうぶなのかもしれない。

久《ひさし》さんに追《お》いついた時、ぼくの足の裏《うら》は赤くなっていた。

「すわるか。」

久《ひさし》さんが、大きな岩を指《ゆび》さした。

「よいしょ……、おっとっと……。」

「何だ、こんなところも上がれないのか。情《なさ》けないやつだ。ほれ。」

細い腕《うで》のどこにこんな力があるんだろう。久《ひさし》さんはぼくを軽《かる》がると抱《だ》き上げて、岩の上にのせてくれた。

「いい海だろう。」

自分もひょいと岩にすわって、久《ひさし》さんはつぶやいた。

「フフ。」

「何だ?」

「だって、まるで、この海が自分の持《も》ち物《もの》みたいじゃないか。」

「む……悪《わる》いか。」

「悪《わる》かないけどさ。」

久《ひさし》さんの顔が赤い。やせたタコみたいだ。また笑《わら》いがこみ上げてきたようだ。

「広夢《ひろむ》、カニ見たいか?」

「ええっ!　まさか、とれるの?」

久《ひさし》さんは腰《こし》に手を当てて辺《あた》りを見回すと、重《おも》おもしくうなずいた。

「見てろよ。」

しわのよった指《ゆび》でV《ブイ》サインを作ると、久《ひさし》さんはするりと岩から飛《と》び降《お》りた。

寝巻《ねまき》のすそをめくって、足を海に入れる。

「む……ウウー。」

「だいじょうぶ、久《ひさし》さん？」

「おう、オッケイ、オッケイ。」

ニワトリのような返事《へんじ》をして、久《ひさし》さんは海に顔を近づけた。

「おっ、いるいる。」

慎重《しんちょう》に海の中に手をつっこんだ。

「ほれ、どんなもんだい。」

びっくりした。黒っぽいカニが、たしかに久《ひさし》さんの手の中であばれていたんだ。

「すごい、久《ひさし》さん！　どうやったらとれるの？」

ぼくも岩から降《お》りようとした時だ。

「シッ、広夢《ひろむ》、誰《だれ》か来る。」

久《ひさし》さんは海から出ると、すごいいきおいでぼくを岩から引きずり降《お》ろした。

「痛《いた》いよ、久《ひさし》さん。」

「うるさい、静《しず》かにしろ。」

ぼくの頭を抱《かか》えこむと、久《ひさし》さんは体をちぢめて、岩のかげにかくれた。

声が近づいてくる。子どもみたいだ。

「……イ、ヤーイ。」

「お前ら、こっち来んな。」

「あっちに行けや。」

声が入り交じっている。

「お前らが来ると、ろくなことないんだよ。」

「そうだ、そうだ。お前らは帰れ。」

「帰れ、帰れ。」

男の子たちの声だ。ぼくは、岩の上からのぞこうとした。

「こら、だめだ。」

久《ひさし》さんに頭を押《お》された。声が、近づいてきた。

「わかってるんだろうな。泳《およ》げないのは、お前ら二人だけなんだからな。」

「そうだ、そうだ。はずかしくないのかよ。もう十二歳《さい》だぞ。」

「情《なさ》けねえよなあ。」

「泳《およ》げねえやつなんて、おれたちの仲間《なかま》でないよなあ。」

「泳《およ》げるようになってから来いよ。それまでは来るな。」

もう我慢《がまん》できない。ぼくは久《ひさし》さんの手を押《お》しのけて、岩の上から目をのぞかせた。

男の子が、五、六人かたまっていた。

小さい子から大きい子まで、いろいろだ。灰色《はいいろ》がかったシャツを着《き》て、ふくらんだズボンをはいている。どの子も裸足《はだし》だった。

突然《とつぜん》、一人の子が、シャツを投《な》げすてた。すると、次《つぎ》つぎと残《のこ》りの子どもたちも裸《はだか》になった。それから、あっと言うまに海に飛《と》びこんだ。

ぼくは目を見はった。どの子も、ものすごく泳《およ》ぐのがうまい。ぼくの通っているスイミングスクールで言うと、上級《じょうきゅう》クラスだ。

「すげえ。」

耳に風を感《かん》じて横《よこ》を向《む》くと、久《ひさし》さんが目を丸くして見ていた。

「何だよ。自分だって見たいんじゃないか。」

久《ひさし》さんは口をまげたまま、何も言わない。子どもたちの上げる水しぶきが、この岩にまで飛《と》んでくる。

「あ、あの子たち……。」

男の子が二人、しゃがんで何かしている。あの子たちが、泳《およ》げない子らしい。時どき顔を上げてみんなの方を見ては、また目を下にもどす。二人で頭をくっつけあって、何か話しているようだ。

「泳《およ》ぐ練習《れんしゅう》すればいいのに。」

久《ひさし》さんは、口をますます深《ふか》くへの字にゆがめた。

「あ……。」

一人の男の子が顔を上げたひょうしに、ぼくの目とぶつかってしまった。ぼくは、思わず笑《わら》い顔を作った。

「や、やあ。」

「ばか、見られたのか。」

久《ひさし》さんが、あわててぼくの頭を引っこませた。

「もうおそいよ。いいじゃないか、べつに見られたって。」

「フン。」

久《ひさし》さんは、おそろしい力でぼくをつかむと、来た道をもどりだした。

「待《ま》って！」

高い声が、背中《せなか》にぶつかってきた。

「久《ひさし》さん、呼《よ》んでるよ。あの子。」

久《ひさし》さんは、答えてくれない。けわしい顔で歩き続《つづ》ける。

「久《ひさし》さん、呼《よ》んでるってば。」

ふり返《かえ》ると、男の子の一所懸命《いっしょけんめい》な顔が見えた。

「久《ひさし》さん、あの子、呼《よ》んでるってば！　久《ひさし》さん！」

思わず大きな声で叫《さけ》んでしまった。

そのとき、ポ〜ン……と、ささやくような音がした。この音……。

あの柱時計《はしらどけい》の音か？

久《ひさし》さんは何も言わずに、ぐいぐい歩いていく。大きく一本そびえ立つ松《まつ》の木まで来た時だ。霧《きり》が出てきた。みるみるうちに辺《あた》り一面《いちめん》立ちこめて、何も見えなくなってしまった。久《ひさし》さんが、ぼくの腕《うで》をぐいっと引っぱった。

「どうしたの、広夢《ひろむ》。」

ぼくは、息《いき》を止めた。おばあちゃんの顔が、目の前にあったのだ。

「おばあちゃん、どうしたの?」

「やあねえ、それはこっちのセリフよ。何してるの、こんなところで?」

「こんなところ?」

ぼくは、廊下《ろうか》にいた。白い明かりが、ぼんやりと外から入って来ている。久《ひさし》さんの家?

「ぼく、どうしたの?」

「どうしたのって……大きな声で叫《さけ》ぶんだもの。びっくりして起《お》きちゃったのよ。」

「久《ひさし》さんは?」

「あら、トイレじゃないかしら。」

おばあちゃんの言葉《ことば》通り、久《ひさし》さんがトイレの戸を開《あ》けて出てくるところだ。

「ひ、久《ひさし》さん、あのさ……。」

久《ひさし》さんは、じろりとぼくをにらむと言った。

「一人でトイレにも行けないのか。もう、寝《ね》る前にジュースなんて飲《の》むな。」

それだけ言うと、自分の部屋《へや》に入ってドアを閉《し》めてしまった。

「夢《ゆめ》でも見たのね。だいじょうぶよ。もう一度寝《いちどね》なさい、ね。」

赤《あか》ちゃんをあやすみたいに言って、おばあちゃんはぼくを部屋《へや》につれていってくれた。

「お休み、広夢《ひろむ》。」

「あ、お休み……なさい。」

ドアが閉《し》まる。

ぼくの頭が、熱《あつ》くなってきた。夢《ゆめ》？　ぼくは夢《ゆめ》を見ていたのか？

きりっと青い海がよみがえる。ぼくを呼《よ》んでいた男の子の顔が、頭の中でアップになった。あんなにはっきりした夢《ゆめ》があるだろうか。

高い天井《てんじょう》が、ぼくを冷《つめ》たく見下ろしている。柱時計《はしらどけい》の音は聞こえない。

「夢《ゆめ》だって……なあ。」

つぶやいているうちに、ぼくは本当に夢《ゆめ》の中に落《お》ちていった。


「キャアー！」

次《つぎ》の日、大きな声で目がさめた。

「どうしたの、おばあちゃん?」

「あれ、あ、あ……。」

お風呂場《ふろば》に行くと、洗面器《せんめんき》の中で、小さなカニがはさみをふり上げてぼくを見ていた。

3　うそつき久《ひさし》さん

ぼくは、朝から久《ひさし》さんを観察《かんさつ》していた。

初《はじ》めは、ぼくだって夢《ゆめ》だと思った。この寒《さむ》い冬に、夏の島《しま》に行って、海で泳《およ》いでる子どもを見たなんて……。しかも、気が付《つ》いたら、久《ひさし》さんの家の廊下《ろうか》が石ころだらけの海岸《かいがん》に変《か》わっていたなんて、誰《だれ》も信《しん》じてくれないに決《き》まってる。

だけど、あのカニは何だ？　久《ひさし》さんがとったカニとしか考えられないじゃないか。

「おかわり。」

久《ひさし》さんが、お茶わんをさし出した。

「あら、今日はずいぶん食欲《しょくよく》がありますね。」

「悪《わる》いですか？」

不機嫌《ふきげん》な声だ。その声がぼくの方を向《む》いた。

「広夢《ひろむ》も何だ。さっきからわたしをじろじろ見て。失礼《しつれい》じゃないか。」

そう言うと、すごいいきおいでたくあんをかじり出した。バリボリと音がひびく。

虫歯菌《むしばきん》だって久《ひさし》さんからは逃《に》げていくんだ、きっと。

「何を見てる。さっさと、食べなさい。」

「は、はい。」

あわてて、ご飯《はん》をかきこんだ。

「まったく、近ごろの小学生ときたら……。」

「久《ひさし》さん、どうしたんですか。そんなにプリプリしてたら、広夢《ひろむ》、帰りたくなってしまいますよ、ねえ。」

おばあちゃんが、卵焼《たまごや》きをぼくにくれながら、やんわりと言った。

「む……。」

久《ひさし》さんが一瞬困《いっしゅんこま》った顔になったのを、ぼくは見逃《みのが》さなかった。

「帰りたければ、いつでも帰りなさい。」

ぼくの顔を見ないで言い切ると、久《ひさし》さんはまたバリッとたくあんをかんだ。

「まあ、ずいぶん勝手《かって》なんですね。誰《だれ》が呼《よ》んだんですか。」

おばあちゃんの声《こえ》を無視《むし》して、久《ひさし》さんは立ち上がった。

「ぼく、帰ろっかなあ。」

わざと情《なさ》けない声を出してみた。後ろを向《む》いていた久《ひさし》さんの肩《かた》が、小さくゆれた。

「好《す》きにしなさい。」

蚊《か》の泣《な》くような声が聞こえた。そのまま、久《ひさし》さんは居間《いま》を出ていった。

ぼくは帰るつもりなんて、もちろんなかった。

おばあちゃんが洗《せん》たくを始《はじ》めたすきに、ぼくはまず廊下《ろうか》を調《しら》べることにした。

ぴかぴかに光る廊下《ろうか》には、石ころ一つ落《お》ちていない。ぼくは廊下《ろうか》のはじからはじまで、歩いてみた。気を付《つ》けないとすべってころんでしまいそうだ。十四歩で行き止まりになった。もう一度《いちど》歩いてみる。ついでに廊下《ろうか》をなでてみる。壁《かべ》もじっくり調《しら》べた。

「ふつうだよなあ。」

草も海も見えない。霧《きり》だってないし、波《なみ》の音も聞こえない。

ぼくは思わず身《み》ぶるいしてしまった。これからおもしろくなるかもしれない、そんな予感《よかん》がした。廊下《ろうか》に問題《もんだい》はない。……と、すると……。

「よし、次《つぎ》は時計だ。」

つぶやいたとたん、声がした。

「うるさいなあ。そこで何やってるんだ?」

部屋《へや》から、久《ひさし》さんが顔を出した。ぼくは、辺《あた》りを見回してから声をひそめた。

「久《ひさし》さん、ねえ、ぼく、誰《だれ》にも言わないからさ。あの島《しま》のこと教えてよ。」

久《ひさし》さんはしぶい顔を作ると、ドアをバタンと閉《し》めた。

「ちょっと、久《ひさし》さん。」

「いつまで寝《ね》ぼけてる。顔でも洗《あら》ってきなさい。」

「ちぇっ、うそつきジジイ！」

ドアに向《む》かって、ぼくはアッカンベーをしてやった。


カニがあわをふいている。せまい洗面器《せんめんき》の中を、すべりながら行ったり来たりをくり返《かえ》す。

「苦《くる》しいよなあ。お前。」

指《ゆび》を出すと、おびえて逃《に》げようとする。

「わかるわかる、帰りたいんだろ、海に。だけどなあ……。ここは札幌《さっぽろ》だぜ。」

この近くに海はない。一番近い小樽《おたる》の海だって、札幌《さっぽろ》から一時間はかかる。

「それにこの寒《さむ》さだもんなあ、お前死《し》んじまうよなあ。」

「広夢《ひろむ》、こんなとこにいたの？」

背中《せなか》の方で、おばあちゃんの声がした。

「うん、カニが気になってさ。」

おばあちゃんが、顔をしかめた。

「ねえ、そのカニ、どこから持《も》ってきたの？」

「えっ？」

「こんなカニ、この辺《あた》りじゃ見たことないわ、これ道東《どうとう》にいる花咲《はなさき》ガニだもの。」

「花咲《はなさき》ガニ……。」

「久《ひさ》さんも不思議《ふしぎ》がってたわよ。広夢《ひろむ》は、どこからこんなカニ持《も》ってきたんだろうって。」

「あの……おとぼけジジイ。」

「何？」

「いや……ハハ……。」

「いやね。広夢《ひろむ》までどうしたの？」

ぼくは、ごまかし笑《わら》いをするしかなかった。

「あれ、そう言えば久《ひさ》さん、どこ？」

おばあちゃんが、にが笑《わら》いをした。

「それが、変《へん》なんだけどね。行ってるのよ、この間から。」

「どこに?」

「スイミングスクールよ。」

ぼくは、一瞬《いっしゅん》、声が出なかった。


外に出ると、雪にはね返《かえ》る日の光が、まばゆいくらいだった。ふみしめられた雪が凍《こお》って、道路《どうろ》はスケートリンクのようにかたまっている。ぼくは、買ったばかりのスパイク付《つ》きの靴《くつ》で、地面《じめん》をふみしめた。

「三本目の道を、左だったな。」

おばあちゃんの話では、久《ひさし》さんの通うスイミングスクールはこの辺《あた》りのはずだ。

「ああ、ここか。」

サッポロスイミングと書かれた建物《たてもの》が、デンと建《た》っていた。

水のはねる音、塩素《えんそ》のツンとくるにおい。どこのプールにも、同じ空気がただよっている。ぼくは、二階《かい》の窓《まど》からプールを見下ろした。たくさんの人が、プールに波《なみ》を作っている。

「あ、いた、いた。」

久《ひさし》さんは、準備体操《じゅんびたいそう》をしている列《れつ》の先頭にいた。わかい人にまじって、はりきって見える。赤い水泳帽《すいえいぼう》が久《ひさし》さんらしくて、ぼくは笑《わら》ってしまった。それにしても、よく通う気になったものだ。久《ひさし》さんは、むかしから水泳《すいえい》だけは、にが手なのだ。

久《ひさし》さんは元気がいい。手を大きくふり上げて、となりの人の顔に当たってにらまれ、にらみ返《かえ》している。にらみ返《かえ》さないで、あやまるのがふつうだと思うけどな。

体操《たいそう》が終《お》わって、次《つぎ》つぎとプールに入りだした。

「あれ？」

久《ひさし》さんは、プールサイドに立ったままだ。コーチらしい人が、久《ひさし》さんに話かけている。それでも久《ひさし》さんは、入ろうとしない。根負《こんま》けしたのか、コーチがはなれていった。

「何だ、あれ？」

小さな声で言ったつもりだったのに、聞こえてしまったらしい。となりで見ていたおばさんがつぶやいた。

「あのおじいちゃんねぇ、おかしいのよ。もう一ヵ月にもなるっていうのに、プールに入れないんですって。入ろうとすると、蕁麻疹《じんましん》が出てくるらしいわよ。無理《むり》しないでスイミングスクールやめればいいのに。お金がもったいないわよ、ねえ。」

ぼくにうなずいてもらいたそうだったけど、無視《むし》することにした。

それから一時間、久《ひさし》さんはプールサイドにつっ立ったままだった。

何だか久《ひさし》さんと顔を合わせる気になれなくて、ひと足先にぼくは家に帰った。

「ただいま。」

玄関《げんかん》で久《ひさし》さんの声《こえ》がした。ドアのすきまからのぞいてみる。

「お帰りなさい。今日はどうでした?」

「う……む、泳《およ》ぎすぎてつかれた。なかなか筋《すじ》がいいって、コーチが言ってくれましたよ。」

久《ひさし》さんは、うそつきの名人《めいじん》だってことがよくわかった。

ぼくは、静《しず》かにドアを閉《し》めた。

4

小さなひさし君《くん》

きのう眠《ねむ》れなかったぶん、ぼくは今日はぐっすり寝《ね》てやろうと思った。

「ちっくしょう。」

夜が深《ふか》くなるにつれて、目がさえざえとしてきた。ヒツジの数を五百まで数えても、千まで数えても眠《ねむ》くなってくれない。

「寝《ね》るぞ、寝《ね》るぞ、寝《ね》るぞー。」

ふとんを頭からかぶる。やっぱり眠気《ねむけ》は、やってこない。気が付《つ》くと、きのうのことを考えていた。目に痛《いた》いくらい青い海、カモメの鳴き声、男の子たち、それから久《ひさ》さんの言葉《ことば》。わたしの島《しま》……そうだ、たしかにそう言ってた。

ぼくは、ふとんをはねのけた。そのとたん、柱時計《はしらどけい》の音がひびき出した。

……一つ、二つ……十……十一……

ぼくは、体を固《かた》くした。

ポ〜ン

やっぱり、あの音だ。ふるえるような小さな音。

それから、かすかに波《なみ》の音が聞こえ始《はじ》めた。

ぼくは、ドアをいきおいよく開《あ》けた。

廊下《ろうか》に飛《と》び出ると、久《ひさし》さんが腕組《うでぐ》みをして立っていた。

「おそい！」

「はあ？」

「何してたんだ、おそいぞ。」

「おそいって、あの……。」

久《ひさし》さんはぼくの手をとって、歩き出した。

白く浮《う》かび上がった廊下《ろうか》が延《の》びていく。みるみるうちに霧《きり》が立ちこめて、何もかも見えなくなった。ぼくはつかんでいる久《ひさし》さんの手に、思わず力を入れた。骨《ほね》ばった細い手が、ぼくの手をにぎり返《かえ》してきた。

一歩、二歩、三歩……。十歩、歩いたところで、霧《きり》が晴れてきた。

波《なみ》の音が最初《さいしょ》は小さく、それからだんだん大きく聞こえてきた。あたたかい空気が、ふわりとほっぺたにふきつける。空がまぶしい。


「クフフフ。」

「久《ひさし》さん、その笑《わら》い方やめてくれない？」

「フッフフ……どうして?」

ぼくの頭が痛《いた》くなってきた。

「広夢《ひろむ》、見ろ見ろ。海だぞ、海。」

きのうと同じ海だった。濃《こ》い青の海、松《まつ》の木、大きな岩……。まちがいない。きのうと同じ場所《ばしょ》だ。

「ん、どうした? カニとってほしいのか?」

「あー!」

洗面器《せんめんき》のあわれなカニを思い出した。

「忘《わす》れたよ、あのカニ持《も》ってくんの。」

久《ひさし》さんは、にたーと笑《わら》って右手を出した。

「ほら。」

にぎっていた手を開《ひら》くと、カニがころがるように動《うご》いて落《お》ちた。

「あ……。」

一目散《いちもくさん》に、海に向《む》かって進《すす》んでいく。波《なみ》がカニを抱《だ》きとるようにかぶさった。波《なみ》が引いた時、カニはもうそこにはいなかった。

「……よかった。」

久《ひさし》さんは、何も言わない。カニを抱《かか》えこんだ海は、また、くり返《かえ》しくり返《かえ》し新しい波《なみ》を作り続《つづ》けている。

「きれいだな。」

「もちろん。わたしの大切な海だからな。」

久《ひさし》さんが、ふんぞり返《かえ》った。

「あのさあ、何で久《ひさし》さんが自慢《じまん》するの？」

「う……うるさいなあ、広夢《ひろむ》は。」

久《ひさし》さんは、空の方を向《む》いてしまった。

「あれ？」

今日は、久《ひさし》さんは寝巻《ねまき》を着《き》ていない。ふだん着《ぎ》の服《ふく》にスラックス、足には運動靴《うんどうぐつ》をしっかりはいている。ぼくは自分のむき出しの足を見下ろした。

「ずっるいなあ、久《ひさし》さん、自分ばっかり。」

「用意《ようい》しない方が悪《わる》い。」

「だって……。」

「自分のことは自分で責任《せきにん》を持《も》つべきです。もう五年生でしょう。」

久《ひさし》さんのツンとすました顔がにくらしかった。もう少しで、スイミングスクールの弱《よわ》みを言ってしまうところだった。

久さんは、遠くを見ながらつぶやいた。

「わたしは、この日を待《ま》っていたんだ。廊下《ろうか》が動《うご》き出したときから、きっと島《しま》に来れる日がやってくると思っていた。だから用意《ようい》だけはしていたんだ。」

え？　どういうことだ？

口を開《あ》きかけた時、足音がした。

「来た来た。広夢《ひろむ》、かくれろ！」

久《ひさし》さんは、すばやく岩かげにかくれた。あ、あの子だ。ぼーっと、つっ立っているぼくの手を、久《ひさし》さんがいきおいよく引っぱった。

「久《ひさし》さ……。」

「シィーッ！」

久《ひさし》さんのあんまり真剣《しんけん》なようすに、ぼくまでつられて、

「ああ……シーッね。」

と言ってしまった。

今日は、あの子は一人のようだった。この前みたいに、しゃがんで遊《あそ》び出した。カニでもとっているんだろうか？　岩のかげからのぞくと、うつむいた姿《すがた》がやけに小さく見える。

「久《ひさし》さん、あの子さびしそうだね。」

久《ひさし》さんは口を一文字にむすんだまま、「むうー」と、うなった。

突然《とつぜん》、男の子はすっくと立ち上がった。くちびるをかんでしばらく海を見つめてから、大きく息《いき》をはき出した。ぼくは思わず体を乗《の》り出した。男の子は着《き》ている物《もの》をぬぎすてると、まっすぐ沖《おき》に向《む》かって歩き出した。

「久《ひさし》さん、あの子、泳《およ》げないんだよね。」

久《ひさし》さんの目が丸くなっている。

「いいの？　ねえ。」

久《ひさし》さんの鼻《はな》の穴《あな》がふくらんだ。

「ほっとく方がいい。」

「ええ？」

男の子は腰《こし》までの深《ふか》さのところに来ると、体を投《な》げ出した。

「自殺《じさつ》だ！」

海に向《む》かおうとしたぼくの腕《うで》を、久《ひさし》さんがつかまえた。

「ほうっておきなさい。」

「な、何言ってんの久《ひさし》さん。あの子、おぼれちゃうよ。」

「いいんだ。」

信《しん》じられない。水しぶきが上がっている。

「お、おぼれてるよ。」

「いいんだ。」

「何がいいんだよ。はなせ、このクソジジイ！」

あいかわらずのばか力だ。動《うご》きがとれない。

「だいじょうぶだ。あそこは浅《あさ》い。」

「え？」

久《ひさし》さんの声が聞こえたみたいに、男の子はよろけながら立ち上がった。

「なあんだ。びっくりさせんなよなあ。」

男の子は肩《かた》で大きく息《いき》をしている。ずぶぬれの髪《かみ》から、水滴《すいてき》が雨のように落《お》ちている。

「情《なさ》けない……。」

久《ひさし》さんの声がした。ずいぶん悲《かな》しそうな声で、ぼくは久《ひさし》さんを見つめてしまった。

海から上がった男の子は、ひざを抱《かか》えて海を見つめている。

久《ひさし》さんの手の力が一瞬《いっしゅん》ゆるんだ。ぼくは手をふりほどいて、岩の後ろから飛《と》び出した。

「あ、広夢《ひろむ》、待《ま》て。」

久《ひさし》さんの声を無視《むし》して、男の子に近づいた。男の子が顔を上げる。

「やあ。」

いつもより高い声が出てしまった。

「お前、誰《だれ》？」

大きな目が、ぼくをじっと見た。

「ぼく？　ぼくは、田中《たなか》……。」

「田中《たなか》？　へえ、おれと同じ名字《みょうじ》だ。」

男の子が、はにかんだように笑《わら》った。

「ぐうぜんだなあ。まあ、よくある名字《みょうじ》だけどね。」

ぼくは、田中君《たなかくん》のとなりにしゃがみこんだ。

田中君《たなかくん》は、そばに置《お》いてあった服《ふく》を着《き》ながら言った。

「お前、島《しま》の子でないね。」

ぼくは言葉《ことば》につまった。田中君《たなかくん》は目をぱちぱちさせて、ぼくを見ている。

「何かさ、お前の服《ふく》、変《か》わっているな。」

ギクリとした。ぼくはストライプのパジャマを着《き》ていたのだ。

「ちょっとわけがあってね、着《き》がえるひまがなかったんだ。」

「へえ。はやっているの、それ？」

「はやっているっていうか……ふつうに着《き》るだろ。田中君《たなかくん》は着《き》ないの？」

「着《き》ないよ。」

ぼくらは少しの間、見つめ合ってしまった。変《か》わっているのは、田中君《たなかくん》の方じゃないだろうか。白いシャツに黒いズボン姿《すがた》のやつなんて、見たことがない。

田中君《たなかくん》はうつむいてつぶやいた。

「ねえ、もしかしたら……今の、見てた？」

「今の……ええと。」

「やっぱり見られたか。まいったな。おれ、泳《およ》げないんだ。」

「だって、君《きみ》、ぼくより小さいだろ。ぼくだって、去年《きょねん》ようやく浮《う》かべるようになったんだぜ。しかもスイミングスクールで特訓《とっくん》してさ。」

「スイ……？」

「スイミングスクール。」

「ずいぶんむずかしい言葉《ことば》だな。」

「……そうかな。水泳教室《すいえいきょうしつ》のことだよ。ここにはないの？」

田中君《たなかくん》は、ふっつりとだまった。ぼくは、不安《ふあん》になった。横目《よこめ》で、岩の方を見てみる。

久《ひさし》さんはうまく姿《すがた》をかくしているけど、おこっているのはまちがいない。

「ここいらでね、泳《およ》げないのは、おれと、しげるだけなんだ。」

田中君《たなかくん》がつぶやいた。

「海はおっかないんだ。足がすくむんだ。」

ぼくは、だまってうなずいた。その気持《きも》ち、よくわかる。

「カニとるのは、得意《とくい》なんだけどね。おれ、〝カニとりのひさし〟って言われてるんだ。」

ぼくの心臓《しんぞう》が、ゴトンと音を立てた。思わず岩の方に目を向《む》けた。口の中が、急《きゅう》にかわいてくる。

「あのさ……、君《きみ》の名前なんだって?」

声がかすれてしまう。まさか……。

「だから、田中《たなか》だよ。」

「田中《たなか》……何?」

男の子は、歌うように言った。

「田中《たなか》ひさしだよ。」

言い終《お》わらないうちに、久《ひさし》さんが岩かげから飛《と》び出してきて、ぼくを引っぱりつけた。

「ねえ、ひ、ひさし……田中《たなか》ひさしって言った。」

その子……田中《たなか》ひさし君《くん》は、不思議《ふしぎ》そうな顔をして、ぼくと久《ひさし》さんを見ている。

「久《ひさし》さん、ぼく、あの子と話がしたい。」

「だめだ!」

「何で? ぼく、話したい!」

「だめだ!」

久《ひさし》さんに引っぱられ、ぼくはつんのめって、岩におでこをしたたかに打《う》った。

その時、時計の音が、小さく聞こえた。

顔を上げるともう、まわりにむくむくと霧《きり》が湧《わ》いていて、久《ひさし》さんがこわい顔でぼくを見ていた。

「行くぞ。」

ぼくの手をつかんで引っぱりつける。

「だって、ぼくはあの子と……。」

久《ひさし》さんの目がするどくなった。ぼくは、しぶしぶ立ち上がるしかなかった。

十歩くと、目の前にうすぼんやりと廊下《ろうか》が光っていた。


「ちぇ……帰ってきちゃったよ。」

おでこが、じんじん痛《いた》い。

「まったく、広夢《ひろむ》ときたら、節度《せつど》と言う言葉《ことば》を知らん。」

久《ひさし》さんの声がすぐ横《よこ》で聞こえた。

「久《ひさし》さん!」

ぼくは久《ひさし》さんにしがみついた。

「な、何だ。」

「あの子、ひさしって言うんだよ、田中《たなか》ひさし。久《ひさし》さんと同姓同名《どうせいどうめい》だよ。」

「む……それが、どうした？」

「どうしたって……、あのさ、もしかしたら……。」

「どこにでもある名前だ。さあ、寝《ね》るぞ。」

久《ひさし》さんは、運動靴《うんどうぐつ》をぬいで両手《りょうて》に抱《かか》えこんだ。

「久《ひさし》さん。」

久《ひさし》さんは、さっさと自分の部屋《へや》に姿《すがた》を消《け》した。

「何だよ、冷《つめ》たいなあ。」

目の前《まえ》に、廊下《ろうか》が静《しず》かに延《の》びている。

「よーし、もう一回行ってやろうじゃないか。」

ぼくは、廊下《ろうか》を歩くことにした。

「あれ？」

廊下《ろうか》は動《うご》かない。霧《きり》も出てこない。すぐに壁《かべ》に行き止まってしまう。

「変《へん》だなあ。」

もう一度《いちど》……。やっぱりだめだ。

「おい、うるさい。早く寝《ね》ろ！」

ぼくよりずっとうるさい声で、久《ひさし》さんが叫《さけ》んだ。高い天井《てんじょう》が、久《ひさし》さんの声をやんわりとすいこんだ。

5　ふるさとの島《しま》

柱時計《はしらどけい》の音
波《なみ》の音
廊下《ろうか》
島《しま》、海
田中《たなか》ひさし

ここまで書き出して、ぼくはもう一度《いちど》メモを見つめた。今なら自信《じしん》を持《も》って言える。あの島《しま》のことは夢《ゆめ》なんかじゃない。久《ひさし》さんだって、知っているにちがいないんだ。どうしてあんなに知らないふりをするんだろう。あの男の子、田中《たなか》ひさし君《くん》の顔が浮《う》かんだ。

あの子は誰《だれ》だ？
久《ひさし》さんと同じ名前で、泳《およ》げなくて……。胸《むね》がザワザワする。ぼくは立ち上がった。
久《ひさし》さんの顔を見たら、何かわかるかもしれない。

「久《ひさし》さん、もうやめたらどうですか？」
おばあちゃんの引きつった声が聞こえた。

「どうしたの、おばあちゃん？」

おばあちゃんは、肩《かた》をすくめて洗面台《せんめんだい》を指《ゆび》さした。

久《ひさし》さんが、くの字にかがんで洗面台《せんめんだい》につっぷしている。

「何やってんの、久《ひさし》さん？」

ぼくが言ったとたん、ゴボゴボと音がして、久《ひさし》さんがびしょぬれの顔を上げた。

「ブハー。」

「ねえ、何やってんのさ、久《ひさし》さん。」

「風邪《かぜ》引きますよ。」

おばあちゃんがさし出したタオルを、久《ひさし》さんははらいのけた。

「ほうっておいてくれ。」

手でぼくたちを追《お》いはらうしぐさをすると、また洗面台《せんめんだい》に顔をつっこもうとする。

「もう行きましょう、広夢《ひろむ》。まったくがんこなんだから。」

「ぼく、見てる。」

「まあ……。」

「心配《しんぱい》だから見てるよ、おばあちゃん。」

久《ひさし》さんは、露骨《ろこつ》にいやな顔をした。

おばあちゃんが、ぼくの耳に口をよせた。

「もっと変《へん》なことをしだしたら、知らせに来てね。」

ぼくがうなずくと、おばあちゃんはため息《いき》をつきながらはなれていった。

「広夢《ひろむ》もあっちへ行きなさい。」

「何で？　ぼくのことは気にしないで続《つづ》けて、続《つづ》けて。」

「む……いやなやつだな。」

久《ひさし》さんは横目《よこめ》でぼくをにらみながら、息《いき》をすいこんだ。洗面器《せんめんき》に顔をつっこむ。

二秒《びょう》もたたないうちに、もう顔が上がってきた。

「ヒー、フィー。」

引きつった息《いき》をはきながら、久《ひさし》さんはあえいでいる。

「ねえ、もしかしたら、泳《およ》ぎの練習《れんしゅう》のためにやってんの？」

久《ひさ》さんの動《うご》きが止まった。

「顔を付《つ》けるだけなら、蕁麻疹《じんましん》は出ないの？」

「どうして知ってる？」

「あ、いや……。」

久《ひさし》さんはぼくをじろりとにらむと、タオルで顔をふき出した。

「あれ？　やめるの、久《ひさし》さん？」

「うるさい！」

肩《かた》をいからせて歩いていく。ぼくは、あわてて後を追《お》いかけた。

久《ひさし》さんは自分の部屋《へや》に入っていく。ドアが閉《し》まる前に、ぼくは右足をさしこんだ。

「な、何だ、その足。どけなさい。」

「いやだ。」

ぼくは、足に力を入れた。久《ひさし》さんはしぶい顔で、ドアを小さく開《あ》けてくれた。そのすきに、部屋《へや》の中にすべりこむ。

「わあ。」

思わず声が出た。壁《かべ》いっぱいに、いろんな絵が飾《かざ》られている。緑《みどり》の山、氷《こおり》の海、男の人、女の人、たくさんの子どもたち。

「すごい……。これ、ぜんぶ久《ひさし》さんが描《か》いたの？」

「う……む。ただの趣味《しゅみ》だ。」

久《ひさし》さんはあっさり言った。久《ひさし》さんのことだ。ただの趣味《しゅみ》でも、とことん取《と》り組むんだろうな。そう言えば、久《ひさし》さんの部屋《へや》に入るのは、初《はじ》めてだ。ここは、いつもかぎがかかっていた。

「つっ立っていないで、すわりなさい。」

久《ひさし》さんはそっぽを向《む》いて、ざぶとんを投《な》げてよこした。

「あ……どうも……。」

花がらのざぶとんに腰《こし》をおろして、ぼくはあらためて部屋《へや》を見回した。右側《がわ》の壁《かべ》は油絵《あぶらえ》だらけで、左側《がわ》の大きな本棚《だな》には本がぎっしりつまっていた。

正面《しょうめん》の窓《まど》に向《む》かって、木の机《つくえ》が一つ置《お》いてある。机《つくえ》の上には、絵の具《ぐ》の箱《はこ》が置《お》いてあるだけで、あとはすっきりと片《かた》づいている。久《ひさし》さんらしかった。

その横《よこ》に、キャンバスが立ててあった。一枚《まい》は、年をとった男の人が描《えが》かれている。きびしい目だ。日に焼《や》けたほっぺたに大きな傷《きず》が一本走っていた。はっとするほど強いタッチの絵だ。

もう一枚《まい》は、子どもたちの絵だった。絵の中でイガグリ頭の男の子たちが笑《わら》っている。すり切れたシャツに、だぶだぶの半ズボン。一番前で笑《わら》っている顔に見覚《みおぼ》えがあった。

「あれ？　これ……。」

久《ひさし》さんは困《こま》った顔で、咳《せき》ばらいをした。

「広夢《ひろむ》、あのな……。」

「何？」

「あ、いや、何でもない。」

久《ひさし》さんは、机《つくえ》の脇《わき》からうちわを取《と》り出すと、忙《いそが》しそうにあおぎ始《はじ》めた。

「そう言うの、いやだな。はっきり言ってよ。」

「言っても、広夢《ひろむ》は信《しん》じない。」

「言ってみなくちゃ、わからないだろ。」

「言わなくてもわかる。」

久《ひさし》さんは、ますます早くうちわをあおいだ。

（このごろ、久《ひさし》さんおかしいのよ。）

おばあちゃんの言葉《ことば》が、よみがえる。久《ひさし》さんのことだ。何か言ったら、ますます口を閉《と》ざしてしまうにちがいない。ぼくは、だまって絵を見つめることにした。

「泳《およ》げるようになりたかったんだがな。」

つぶやくような声がした。目を上げると、久《ひさし》さんが、男の人の絵を見つめている。

「わたしは、ずいぶん小さい時に、おぼれた記憶《きおく》がある。海で遊《あそ》んでいるうちに、足がとどかないところに行ってしまったらしいんだな。もがいても、もがいても、顔が水面《すいめん》に出なくて、自分の体がしずんでいくのがわかった。」

ぼくは、だまってうなずいた。

「海の中から空が見えたのを覚《おぼ》えている。それは、言葉《ことば》にできないほどきれいで、あそこが天国かもしれないと思ったな。」

あの海が、目に浮《う》かんだ。あの島《しま》は天国じゃないよな。

「そのままわからなくなって、気がついたらふとんの中だった。その時からだ、ひざから下の深《ふか》さまでしか海に入れなくなった。」

「そうなのか……。」

「まったく情《なさ》けない。」

「そんなことないだろ。こわい思いをしたんだもの、しかたないよ。」

久《ひさし》さんは驚《おどろ》いた顔でぼくを見た。

「そう思うのは、広夢《ひろむ》くらいしかいない。」

ぼくは、ちょっと気分をこわした。

「泳《およ》げないのは、つらい。泳《およ》げないというだけで、仲間《なかま》に入れてもらえない。落《お》ちこぼれだ。広夢《ひろむ》はよかったな、泳《およ》げるようになって。」

久《ひさし》さんの顔が、横《よこ》を向《む》いた。てれているのがわかる。

「久《ひさし》さん、その絵……。」

「えっ？」

「その絵の人、誰《だれ》？」

「ああ。」

久《ひさし》さんは、肩《かた》をすくめて、小さく笑《わら》った。

「知り合いのおじさんだ、忘《わす》れられない人だ。色丹島《しこたんとう》では、いろんなことがあった。」

「色丹島《しこたんとう》？」

ぼくは、首をかしげた。この名前どこかで聞いたことがあるような……。

「わたしの島《しま》の名前だ。あそこには、いやなやつもいたし、良《よ》い人もいた。それと不思議《ふしぎ》な子に会ったこともある。」

「えっ？」

「わたしがひとりぼっちでいた時だった。不思議《ふしぎ》な子が来て、わたしはいろんなことを教わった。水泳《すいえい》も教えてくれたし、食べたことのない食べ物《もの》も分けてくれた。今考えると、あれは、北海道《ほっかいどう》の神様《かみさま》の〝コロポックル〟だったかもしれんな。」

久《ひさ》さんが、うつむいて一気にしゃべった。

コロポックルって、フキの下にいるっていう小さな神様《かみさま》のこと？

久《ひさ》さん……だいじょうぶか？

「あの時も……。」

久《ひさ》さんは言葉《ことば》を切って、ぼくを見た。じーっと見た。

「む……。」

「どうしたの、久《ひさ》さん？」

「いや……何でもない。」

「何？」

「何でもない！」

まったく、こうやって突然《とつぜん》怒《おこ》り出したりするから、久《ひさ》さんはいやなんだ。

「もう、行きなさい。」

「やだよ、ぼくまだ聞きたいことがたくさんあるんだ。」

「行きなさい。わたしは、少し眠《ねむ》ることにする。」

久《ひさし》さんの目が光った。

「広夢《ひろむ》も寝《ね》ておいた方がいい、今のうちにな。」

はっとした。

「そうだ。これ、食べるか。わたしは食べないと言うのに、ばあさんが勝手《かって》に買《か》ってきて、困《こま》っていた。」

チョコレートだ。ぼくは、ありがたくいただくことにした。

ドアに手をかけた時、久《ひさし》さんがひとりごとのようにつぶやいた。

「広夢《ひろむ》と言う名前も、コロポックルが教えてくれたものだ。わしの子どもでなく、孫《まご》に付《つ》けるといい、そう言ってくれた名前だ。」

驚《おどろ》いて久《ひさし》さんを見ると、もう背中《せなか》を向《む》けたまま、ふり向《む》いてくれなかった。

ぼくの名前が、コロポックルからもらったもの？　そう言えば、父さんが前に言っていたことがある。

「お前の名前は、久《ひさし》さんが付《つ》けたんだ。どうしてもこの名前でなくてはいかん、って
おでこに青すじを立ててがんばってな。あの時はすごかったよなあ。」
だけど、コロポックル？　そんなもの、久《ひさし》さんは本気で信《しん》じているんだろうか。
その時、柱時計《はしらどけい》の音が聞こえた。
ボーン
ボーン
ボーン………
思わず耳をすませてしまう。静《しず》かでなつかしいような音。柱時計《はしらどけい》に言葉《ことば》があったら、
いったい何て言っているんだろう。

「あら、広夢《ひろむ》。」

バッグを抱《かか》えて、おばあちゃんが歩いてきた。ぼくに近づくと、声をひそめた。

「ね、どうだった、久《ひさし》さん？」

「あ、ええと……だいじょうぶ。ぜんぜん変《へん》じゃなかったよ。」

「そう？」

おばあちゃんは、まゆをよせた。

「このごろ、島《しま》の話ばかりするし、一人で考えこんでることも多くてね。何だか、心《しん》配《ぱい》になっちゃうのよね。」

ドキリとした。

「島《しま》って、色丹島《しこたんとう》?」

「あら、広夢《ひろむ》、よく知っているわね。久《ひさし》さんの生まれた島《しま》よ。北方領土《ほっぽうりょうど》の。」

「北方領土《ほっぽうりょうど》……ああ、そうか。」

どこかで聞いたことがあると思ったら、五年生になってから、学校で習ったんだった。根室市《ねむろし》のずっと東の方にある島《しま》で、太平洋戦争《たいへいようせんそう》の後、たしかソ連《れん》の領土《りょうど》になったんだよな。

「他《ほか》にも、島《しま》があったよね。たしか……国後島《くなしりとう》と択捉島《えとろふとう》……それから。」

「歯舞諸島《はぼまいしょとう》よ。北方四島《ほっぽうよんとう》とも言うわね。」

「ああ、そうそう。そんな名前だった。」

言いながら、自分が情《なさ》けなくなった。ぼくは、北方領土《ほっぽうりょうど》の名前さえはっきり覚《おぼ》えていなかったんだ……。それにしても、久《ひさし》さんの生まれ故郷《こきょう》って、そんなところだったのか。……ってことは、あの島《しま》は……。

「今はね、日本じゃなくなってロシアの領土《りょうど》だから、簡単《かんたん》に行くことができないのよ。」

ぼくののどが、グビリと音を立てた。

「ねえ、日本じゃなくなったってことは、今、その島《しま》に日本人は住《す》んでいないの?」

おばあちゃんの顔がくもった。

「もちろんよ。住《す》んでるのは、ロシア人だけだわ。」

「じゃあ……じゃあ、それまで住《す》んでいた日本人たちは、どうなったのさ!」

思わず大きな声を出してしまった。おばあちゃんの目が丸くなる。

「あ……、ごめん。」

「広夢《ひろむ》ったら、びっくりするじゃないの。」

おばあちゃんは、ため息《いき》を一つついた。

「島《しま》にいた日本人たちは本土に脱出《だっしゅつ》したのよ。命《いのち》がけでね。脱出《だっしゅつ》できなかった人たちは、何年かたってから、日本にもどされたらしいわ。もどってくるまでの間は、樺太《からふと》などにつれていかれ、強制労働《きょうせいろうどう》させられたらしいわ。」

「強制労働《きょうせいろうどう》?」

島《しま》で見た子どもたちの姿《すがた》が目に浮《う》かんだ。あの子たちも、あの子たちのお父さんやお母さんも、みんな、働《はたら》かされていたのだろうか。

「どんなことをして働《はたら》いていたの？　久《ひさし》さんは？　久《ひさし》さんも働《はたら》いていたの？　それとも……。」

「待《ま》ってよ、広夢《ひろむ》。わたしは、それほどくわしく知《し》らないの。島《しま》の出身《しゅっしん》じゃないし、久《ひさし》さんと結婚《けっこん》したのも、戦争《せんそう》が終《お》わって十年もたってからなのよ。久《ひさし》さんも、あのころのことは、あんまり話してくれないの。思い出すのがつらいみたいでね。

それが、このごろ、一カ月くらい前からかしら、毎日、島《しま》がどうしたとか、こうしたとか言うのよ。まるで、島《しま》に行きたいみたいにね。どうしちゃったのかしらねえ。」

ぼくは、目をパチパチさせてしまった。

「ねえ、広夢《ひろむ》、何か知らない？」

「いや、ぼくは何も……。」

「そう、久《ひさし》さんも、年なのかしら。」

「そ、そんなことないんじゃないかな。ぼくだって、幼稚園《ようちえん》のころのこと、話したりするし……。」

「うそ。」

「いや……その……。」

おばあちゃんは、小さくため息《いき》をついた。

「広夢《ひろむ》、久《ひさし》さんのこと、かばわなくてもいいのよ。」

「かばってなんていないよ。」

ただ知っているだけだ、その島《しま》……色丹島《しこたんとう》のこと。ぼくは、その言葉《ことば》を飲《の》みこんだ。

おばあちゃんは肩《かた》をすくめると、バッグを抱《かか》えなおした。

「さてと、買い物《もの》に行ってくるわね。それ、食べすぎない方がいいわよ、広夢《ひろむ》。」

おばあちゃんが指《ゆび》さしたのは、ぼくのポケットだった。中からチョコレートの箱《はこ》がのぞいている。

「ああ、これ、久《ひさし》さんがくれたんだ。」

「あら、さっきスーパーの袋《ふくろ》を持《も》って来たと思ったら、こんなもの買って来たのね。」

「これ、おばあちゃんが買ったんじゃないの？」

「買わないわよ。歯《は》に悪《わる》いでしょ。いやあね、久《ひさし》さんったら広夢《ひろむ》に食べさせたかったのね。」

おばあちゃんが、クックッと笑《わら》った。ぼくも、何だかおかしくなってきた。久《ひさし》さん、いったいどんな顔をしてチョコレートを買ったんだろう。

「いいところあるわね、久《ひさし》さん。まだ、だいじょうぶね、きっと。じゃあ、行ってきます。」

と言うと、おばあちゃんは、軽《かる》い足どりで歩いていってしまった。

おばあちゃんの姿《すがた》が見えなくなったとたん、体の力がぬけた。急《きゅう》に眠《ねむ》くて眠《ねむ》くてたまらなくなってしまった。しばらく夜中に出かけてたせいだな。久《ひさし》さんも眠《ねむ》るって言ってたし、ぼくも少し横《よこ》になることにしよう。

ふとんにもぐりこんだことは覚《おぼ》えている。柱時計《はしらどけい》の音がかすかに聞こえたような気がした。あったかい音だな。そう思った時には、もうぼくは眠《ねむ》りに落《お》ちていた。

おなかがすいて、目がさめた。

部屋《へや》の中が青くしずんでいる。どこにいるのかわからなくて、ぼくは、少しの間、ぼんやりと天井《てんじょう》を見上げていた。

「あ……今、何時だ？」

枕元《まくらもと》の目ざまし時計を引きよせる。十二時十分。

「うそ！　こんな時間？　寝《ね》すぎた。」

突然《とつぜん》、ドアが開《あ》いた。

「誰《だれ》？」

「わたしだ。」

久《ひさし》さんが、青いシルエットになって立っていた。

「ああ、久《ひさし》さん。ちょうどよかった。まだ島《しま》には行ってないの？」

「だめだ、行けない。」

よく見ると、久《ひさし》さんは今にも泣《な》き出しそうな顔をしている。

「廊下《ろうか》が……動《うご》かない。」

「え？」

「柱時計《はしらどけい》が、止まってるせいにちがいない。」

久《ひさし》さんは、ぼくの手を引っぱった。

本当に柱時計《はしらどけい》は止まっていた。空気の中に溶《と》けるように流《なが》れていたカチコチいう音が消《き》えて、みょうにシンとした静《しず》けさが広がっている。

「どうしたっていうんだ。」

久《ひさし》さんの不安《ふあん》そうな声を初《はじ》めて聞いた。

「柱時計《はしらどけい》が止まったって、関係《かんけい》ないだろ。」

「だめだったんだ。わたしも島《しま》に行けると思って、何度《なんど》も廊下《ろうか》を歩いてみたんだが、廊下《ろうか》は廊下《ろうか》のままだった。」

「だって、廊下《ろうか》と柱時計《はしらどけい》なんて……。」

「関係《かんけい》ある。」

「え？」

「この家を建《た》てるとき、廊下《ろうか》の下に石を埋《う》めた。」

「石？」

ぼくは、目をパチパチさせてしまった。久《ひさし》さんはうなずいて、ぼくの目を見た。

「柱時計《はしらどけい》も石も、色丹島《しこたんとう》から持ってきたものだ。」

頭の中がこんがらがった。だから、何だっていうんだ？　久《ひさし》さんは、口の中でブツブツとつぶやいている。魔法《まほう》とか不思議《ふしぎ》とか夢《ゆめ》とか、久《ひさし》さんに似合《にあ》わない言葉《ことば》が、切れぎれに聞こえてくる。ぼくは、何だかこわくなった。久《ひさし》さんが、別《べつ》の世界《せかい》に住《す》んでいるような気がしたんだ。

「それにしてもおかしい。この柱時計《はしらどけい》は、五十年以上《いじょう》狂《くる》いなしに動《うご》いてきたんだ。今ごろどうして急《きゅう》に……。」

久《ひさし》さんは、突然《とつぜん》ぼくをにらみつけた。

「広夢《ひろむ》、お前、何かしなかったか？」

「何かって？」

「いたずらしなかったかって、聞いてるんです。」

ぼくは、むっとした。

「するはずないだろ。」

久《ひさし》さんは、うなだれた。

「もう一度《いちど》なあ、もう一度《いちど》でいいから会いたかったんだ、あいつに。」

久《ひさし》さんののどで、ググ……という音がした。

「久《ひさし》さん、あの……。」

言いかけた時、おばあちゃんの顔がドアからのぞいた。

「何してるの？　二人とも、こんな夜中に？」

つかつか歩いてくる。

「広夢《ひろむ》ったら、夕飯《ゆうはん》も食べずに寝《ね》ちゃって。いくら起《お》こしても起《お》きないんだもの。」

口をとがらせてから、おばあちゃんは柱時計《はしらどけい》を見上げた。

「まあ、とうとう止まったんですね。よく働《はたら》いてくれたものね。もう十分お勤《つと》めははたしましたよね、久《ひさし》さん。」

「むう……あなたは、わたしが退職《たいしょく》した時も、同じセリフを言いましたよ。」

「あらあ、そうだったかしら。」

ぼくはこっそり部屋《へや》にもどった。部屋《へや》は、ぼんやりと煙《けむ》っているように暗《くら》かった。柱時計《はしらどけい》が止まるのはわかる。おばあちゃんの言う通り、寿命《じゅみょう》だったんだろう。だけど、だから色丹島《しこたんとう》に行けないっていうのがわからない。待《ま》てよ。あそこに行った時は、いつも時計の音がした後だった。久《ひさし》さんが言う通り時計の音と関係《かんけい》があるんだろうか。小さくささやいているみたいな、ポ～ンっていう音。それから波《なみ》の音。それが合図になって、家の下に埋《う》めた石が廊下《ろうか》を動かしてる？　まさかね……。ぼくは、ふとんに寝《ね》ころんだ。天井《てんじょう》が、冷《ひ》ややかにぼくを見下ろしている。

でも、考えてみると、色丹島《しこたんとう》に行ったなんて、信《しん》じられないことだ。もしかしたら、ぼくは、ずっと夢《ゆめ》の中にいたのかもしれない。今はロシア領《りょう》になってしまった島《しま》に行くなんて、ありえないことだもんな。

そこまで考えたら、すっきりした。夢《ゆめ》みたいなことは忘《わす》れて、冬休みの宿題《しゅくだい》でもしなくちゃな。今日は、もう一度《いちど》眠《ねむ》ることにしよう。ふとんにもぐりこもうとした時だ。

「あれ？」

今、柱時計《はしらどけい》の音がしたような……。

ポ～ン……

やっぱり！ぼくは廊下《ろうか》に飛《と》び出した。

波の音がザザ……ザザザ……とひびいている。

「久《ひさし》さん、久《ひさし》さんは？」

部屋《へや》からは、物音《ものおと》一つ聞こえない。

「ちぇっ、もう寝《ね》たのかなあ。しかたない、一人でもいいさ、行ってやる。」

体が熱《あつ》くなってくる。ぼくは深呼吸《しんこきゅう》を一つしてから、廊下《ろうか》に足をふみ出した。

6

荒《あ》れた海

波《なみ》の音が聞こえる。始《はじ》めは小さく……それから、大きく、ドドーンという音に変《か》わった。

「よし、やった！」

ぼくは、一本松《いっぽんまつ》の下に来ていた。空気があたたかい。さらりさらりとふきつける海からの風が、なつかしい。

ぼくは大きくのびをした。久《ひさし》さんも、来たかったにちがいない。

「しかたないよな。大事《だいじ》な時に眠《ねむ》っちゃったんだから。」

自分に言い聞かせて、海に向《む》かった。

今日は、波《なみ》が荒《あら》い。大きくのび上がってから、たたきつけるように波《なみ》が打《う》ちよせる。何かに怒《おこ》っているようだ。

「すげえ……。」

ぼくは見とれてしまった。

「田中君《たなかくん》。」

急《きゅう》に耳のそばで声がして、ぼくは飛《と》び上がった。

「やあ。」

あの子……田中《たなか》ひさし君《くん》が、てれくさそうに笑《わら》っていた。

「ああ、君《きみ》か。ぐうぜんだねえ。」

「よかった。やっぱりまだいたんだね。三日くらい見なかったから、もう帰ったのかと思ったよ。」

三日？　ここでは、三日もすぎていたのか。

ひさし君《くん》は、にこにこと笑《わら》いながらぼくを見ている。

「ここに来ればさ、もしかしたらまた会えるんでないかと思って、来てみたんだ。」

「ぼくに？」

「そう。」

ひさし君《くん》は、イガグリ頭をごしごしとかいた。

ぼくは何だか、おなかのあたりがくすぐったくなって困《こま》った。

「おれ、田中君《たなかくん》にお願《ねが》いがあってね。」

「ぼくに？」

「うん。」

ひさし君《くん》は気を付《つ》けの姿勢《しせい》になると、深《ふか》ぶかと頭を下げた。

「お願《ねが》いします。おれに水泳《すいえい》を教えてください。」

「ちょと待《ま》ってよ。だって、君《きみ》……。」

「もう、ぐずぐずしていられないんだ。どうしても泳《およ》げるようにならないと、おれは一番の弱虫になってしまう。田中君《たなかくん》は、ほら、スイ……なんとかっていう水泳《すいえい》を教えてくれるところに通ってるんでしょう？　教えてください。お願《ねが》いします。」

ひさし君《くん》は、今度《こんど》はひざをついて頭を砂《すな》にこすりつけた。

「まいったなあ。ぼく、そんなにうまくないんだよ。まだ四級《きゅう》しかとれていないし。」

「いいんだ。泳《およ》げるようにさえなれればいいんだ。田中君《たなかくん》しか、お願《ねが》いできる人いないんだ。」

（泳《およ》げないのはつらいぞ。）

ひさし君《くん》の丸い顔に久《ひさし》さんの顔が重《かさ》なった。息《いき》をすいこむ。日に焼《や》けた砂《すな》のにおいが身体中にしみていく。

「へたくそな先生でもいい？」

ひさし君《くん》の顔が、ぱっと明るくなった。

「まず、水をこわがっちゃだめだよ。顔に水がかかっても、平気でいられるようになろう。」

裸《はだか》になったひさし君《くん》は、ろうそくみたいにたよりなく見えた。ちょっと押《お》したら、そのまま、カクンと折《お》れてしまいそうだ。ぼくは、スイミングスクールで習《なら》ったのを思い出して、ひさし君《くん》の顔に水をかけることにした。

「ヒイー！」

情《なさ》けない声が、海にひびいた。ひさし君《くん》の顔が青白くすきとおった。

「ちょっとやばいんじゃないの？　顔、青いよ。」

「いいんだ。気にしないで、もっとやってくれ。おれ、まだだいじょうぶだから。」

青い顔のひさし君《くん》が言い切った。

「そうかい？　じゃあ、もう一発《いっぱつ》、かけるよ。」

「ヒイイー！」

体がこちこちに固《かた》まっている。

「君《きみ》、あやつり人形みたいだね。」

ぼくが言うと、ひさし君《くん》はクックックッ……と高い声で笑《わら》った。

こいつ、久《ひさし》さんそっくりだ。

「次《つぎ》は、海に入ってみるよ。いい？」

ひさし君《くん》は、大きく息《いき》をすいこんでうなずいた。

「ぼくが、手を持《も》っているからね。力をぬくんだよ。ほら。」

骨《ほね》ばった手をにぎる。小さくて、ドキッとした。久《ひさし》さんのしわしわの手が、急《きゅう》に頭に浮《う》かんだ。

「田中君《たなかくん》、なした？」

「あ、ああ、ごめん。いいよ。まず顔を水に付《つ》けて、足をゆっくりはなして。」

ひさし君《くん》の体は、固《かた》いままだ。

「もっと力をぬかないと、だめだよ。」

「ヒー。」

水の中から、あわれな顔がのぞく。

「もう、やめようか。」

ひさし君《くん》は、首をたてにふらない。

「もっと、やる。」

こいつ……がんこなところが久《ひさし》さんそっくりだ。

どのくらい海につかっていたんだろう。ひさし君《くん》のくちびるが、むらさき色になっている。付《つ》き合っていたぼくも、おなかの芯《しん》まで寒《さむ》さがしみてきていた。

「もう休もう。」

ひさし君《くん》は、口をとがらせた。

「一回で泳《およ》げるようになるのなんて、無理《むり》だよ。少しずつやろうぜ。」

「いやだ。時間がないんだ。どうしても泳《およ》げるようにならないと。」

「しかたないだろ。無理《むり》なものは無理《むり》だよ！」

大きな声が出てしまった。ひさし君《くん》は、くちびるをかんでうなだれた。

「がんこなやつって、まったく付《つ》き合いづらいよ。」

ひさし君《くん》は、下を向《む》いたまま海から出てこようとしない。

「勝手《かって》にしろよ。風邪《かぜ》引いてもしらないからな。」

ぼくは波《なみ》をけちらせて、岸《きし》に向《む》かった。ひさし君《くん》が来る気配《けはい》はない。

ぼくは、さっきぬいだズボンを抱《かか》えると、岩に向《む》かって歩いた。この間、久《ひさし》さんとかくれたあの岩だ。すばやく後ろにかくれて、ぼくは海の方を見た。

ひさし君《くん》は一人で練習《れんしゅう》を続《つづ》ける気だ。息《いき》をすって、顔を海に付《つ》けている。すぐに苦《くる》しそうな顔が上がってくる。

「あーあ、ぼくより泳《およ》ぐ才能《さいのう》ないよな。」

顔を水につけて何度目《なんどめ》かの時だ。

「あぶない！」

叫《さけ》んだ時はおそかった。山のような大きな波《なみ》が、ひさし君《くん》の体目がけて、大きな口を開《あ》けた。

ぼくは、岩かげから飛《と》び出した。

ひさし君《くん》の体は、いったん浮《う》き上がってから波《なみ》の中にしずんだ。

「ひさし君《くん》、ひさし君《くん》！」

沖《おき》に向《む》かって走る。冷《つめ》たい水が、たちまちぼくにからみついてきた。

「おーい、ひさし君《くん》。どこだあー。」

水しぶきが顔に痛《いた》い。海はぼくをせせら笑《わら》うように、いくつもの波《なみ》を作り出してぶつかってくる。

「ひさし君《くん》、ひさしくーん！」

体がふるえる。このままひさし君《くん》が見えなくなったら……。なぜか久《ひさし》さんの顔が浮《う》かんだ。柱時計《はしらどけい》を見上げていたあの顔。胸《むね》がつまった。ぼくは、のび上がってひさし君《くん》の姿《すがた》をさがした。

「ちくしょう……どこだよ。」

一瞬《いっしゅん》、白い腕《うで》が波《なみ》の間からつき出た。

「あそこだ。」

思ったよりずっと沖《おき》の方まで、ひさし君《くん》は流《なが》されていた。

ぼくは必死《ひっし》に両手《りょうて》を動《うご》かした。水がぼくのじゃまをする。生き物《もの》のように、くねくねと体にまとわりつく。早く、早く……波《なみ》がぼくまで飲《の》みこもうとねらっている。負《ま》けられない。

突然《とつぜん》、塩《しお》からい水が口にあふれた。鼻《はな》が痛《いた》い。おぼれてたまるか。ぼくは泳《およ》げるんだ。足をめちゃくちゃ動《うご》かした。

「あ……。」

何かさわった。思いっ切り足をのばしてみる。ひさし君《くん》の手が弱よわしく、だけどしっかりぼくの足をつかんだ。

どうやって岸《きし》までたどりついたんだろう。水はずっしりと重《おも》く、波《なみ》はくり返《かえ》し、ぼくたちを攻撃《こうげき》してきた。このまま流《なが》された方が楽かもしれない。何度《なんど》もそう思った。その度《たび》に、久《ひさし》さんのあの顔が浮《う》かんだ。

「もう一度《いちど》会いたかった。」

と言う声が聞こえた。誰《だれ》に？　久《ひさし》さん、誰《だれ》に会いたかったんだよ。

もう少し、もう少し……、もう……だめだ。そう思った時、ぼくの足は砂《すな》をふんでいた。


「ハア、ハア……。」

体中が痛《いた》かった。空気がうまくすいこめない。ひさし君《くん》の顔を見て、ぼくは息《いき》が止まった。むらさきがかった白い顔は、ぴくりとも動《うご》かない。

「し……死《し》んでるのか？」

こわごわ手をのばす。

「うわあ！」

白い手が、突然《とつぜん》ぼくの腕《うで》をつかんだ。

「ひさし君《くん》。」

ひさし君《くん》は、うっすらと目を開《あ》けた。

「よかった……。」

鼻《はな》の奥《おく》に残《のこ》っていた塩水《しおみず》がツーッと流《なが》れた。ひさし君《くん》は何度《なんど》か咳《せき》をした後、口のはじっこを小さく曲《ま》げた。

「海の水って、けっこううまいよね。」

「ば、ばかやろう。」

ひさし君《くん》はあお向《む》けに寝《ね》ころんだまま、クックック………と笑《わら》った。こいつとは友《とも》だちになれるかもしれない。流《なが》れていく雲を見ながら、ぼくは思った。

「う、寒《さむ》……。」

冷《つめ》たい風が体にしみる。ぼくはよたよたと、岩まで歩いた。トレーナーとズボンを引きずって、ひさし君《くん》のところにもどる。骨《ほね》の浮《う》き出たおなかに、トレーナーをかけてやった。ひさし君《くん》は、弱よわしくほほえんだ。

「あ、いいものがあった。」

ズボンの中に、久《ひさし》さんがくれたチョコレートが入っていた。

「ひさし君《くん》、食べなよ。ちょっと、溶《と》けてるけどさ。」

半分にわったチョコレートを、ひさし君《くん》の手ににぎらせた。

「何、これ?」

「チョコレートさ。食べたことないの?」

「ふーん。田中君《たなかくん》は、聞いたことのない言葉《ことば》ばかり言うよな。」

ひさし君《くん》は、チョコレートを日にすかしてしばらく見ていた。

「食べてみろって。」

「……なんか、黒くてまずそうだな。」

「いいから、食え。」

ひさし君《くん》は、しぶしぶチョコレートをかじった。

「甘《あま》い……。」

「これは、すっごく元気になる食べ物《もの》なんだよ。」

「へえ。」

ひさし君《くん》は、目を丸くした。チョコレートはあっというまに、ひさし君《くん》の口に飲《の》みこまれていった。

「うまかったあ。」

つぶやいて、ひさし君《くん》はまた寝《ね》ころがった。

「おれんち、兄弟多いからさ、急《いそ》いで食べないと自分の分がなくなるんだよ。」

「へえ、何人兄弟？」

「十二人。」

「ヒエー。」

「田中君《たなかくん》は？」

「ぼく一人。」

「へえ、めずらしいよなあ。」

「そうかな。」

「でもいいな。食《く》い物《もの》のとり合いなんてしなくてすむもんな。」

「まあね。」

ひさし君《くん》が静《しず》かになったと思ったら、寝息《ねいき》が聞こえてきた。ぼくもつられて目を閉《と》じる。そのまま眠《ねむ》りこんでしまったらしい。


「おい、ひさしでないか。」

頭の上の声で目がさめた。

あわてて起《お》き上がると、頭に手ぬぐいを巻《ま》いたおじさんが、ぼくたちを見下ろしていた。ほっぺたに引きつった傷《きず》が走っている。ぼくは、つばを飲《の》みこんだ。この人、久《ひさし》さんの部屋《へや》にあった絵の人だ。

「おめえ、なした？　ずいぶんまいってるんでないか。さては、おぼれたな？」

それからぼくを見た。

「あれ？　こっちのぼうずは誰《だれ》だべ？　見たことのねぇぼうずだけども。」

ぼくは、一応《いちおう》頭を下げた。おじさんは、首をかしげている。

「おれの友だちだ。田中君《たなかくん》って言うんだ。」

「ほう、田中《たなか》ねぇ。川向《む》こうの田中《たなか》だべか。それとも、分家《ぶんけ》の方の田中《たなか》だべか。」

おじさんは、ぼくの頭の先からつま先までじろじろとながめた。

「ぼく、そろそろ帰らないと……。」

日がかたむきかけている。ずいぶん長い間、ぼくはここにいたらしい。いつのまにか波《なみ》は静《しず》まり、ゆったりとおだやかな海にもどっていた。

「凪《なぎ》になったな。」

おじさんがつぶやいた。

「いろんな顔を持《も》ってるからなあ、海は。」

「こわいなあ。」

思わずぼくがつぶやくと、おじさんは目尻《めじり》のしわを深《ふか》くした。

「だからおもしれえんだよ、ぼうず。」

ぼくの体に、ビリビリとおじさんの言葉《ことば》が流《なが》れた。

「ほれ、ひさし、家まで送《おく》っちゃる。まったく、しげるといい、ひさしといい、泳《およ》げねぇもんが何やってるんだか。」

「富《とみ》さん、しげるがどうしたって？」

ひさし君《くん》が、むっくりと起《お》き上がった。

「ああ、あっちの浜《はま》で、お前とおんなじようにずぶぬれになって寝《ね》そべってたのさ。今、家に送《おく》ってきたとこだ。泳《およ》げる競争《きょうそう》でもしてんのか、おめえら？」

ひさし君《くん》は、返事《へんじ》をしないでくちびるをかんだ。そのとき、ぼくの耳が小さな音をつかまえた。

ポ～ン……

あの時計の音だ。横《よこ》を見る。ひさし君《くん》もおじさんも気付《きづ》いていないみたいだ。一本松《いっぽんまつ》に目を向《む》けると、白い霧《きり》がじわじわと湧《わ》いてきているのが見えた。ぼくの帰る時間が来たらしい。

「おぶってやっか、ほれ。」

おじさんが、ひさし君《くん》に背中《せなか》を向《む》けた。

「いい。歩いて帰れる。」

ひさし君《くん》は、よろめきながら立ち上がった。

「だいじょうぶかい？」

ひさし君《くん》は、ぼくを見《み》てニッと笑《わら》った。

「だいじょうぶさ。すごく栄養《えいよう》のある薬《くすり》食べたからね。」

薬《くすり》じゃない……言おうとしてやめた。薬《くすり》だと思ってた方がひさし君《くん》にはいいかもしれない。片方《かたほう》の腕《うで》をおじさんに取《と》られながら、ひさし君《くん》は歩き出した。けっこうシャンとしている。安心《あんしん》して、ぼくはひさし君《くん》と反対《はんたい》の方に歩き出した。

「オアアア……。」

雄叫《おたけ》びが聞こえて、ふり返《かえ》った。おじさんが口をO《オー》の字に開《あ》けて、ぼくを指《ゆび》さしているところだった。

「何?」

おじさんは、金魚《きんぎょ》みたいに口をパクパクさせている。霧《きり》が濃《こ》くなってきた。おじさんの姿《すがた》が見えにくい。

「だから、何?」

「ゆ、ゆうれいだあ……。」

叫《さけ》び声がうすれて、おじさんの姿《すがた》が消《き》えた。

ぼくは息《いき》をすいなおす。おじさんと反対《はんたい》の方に足をふみ出した。一歩……二歩……三歩……。

ぼくの足は、久《ひさし》さんちの固《かた》い廊下《ろうか》をふみしめていた。


「広夢《ひろむ》、広夢《ひろむ》!」

大きな声で、目がさめた。

「うーん、まだ眠《ねむ》い。」

頭からかぶったふとんが、むしりとられた。

「寒《さむ》い！　何するんだよ！」

重《おも》いまぶたをこじ開《あ》ける。久《ひさし》さんが肩《かた》をいからせて立っていた。

「広夢《ひろむ》、お前……行ったのか？」

「はあ？」

とっさに何のことかわからなかった。

「とぼけるな。行っただろう、島《しま》に。」

「島《しま》？　ああ。」

ようやく頭がすっきりして思い出してきた。

ぼくは、体を起《お》こして久《ひさし》さんに向《む》き合った。

「そうなんだ。行けたんだよ。」

「グウ……。」

久《ひさし》さんはうなった。

「夜中《よなか》に、急《きゅう》に柱時計《はしらどけい》の音が聞こえてね。行けたんだ。」

「何で、わたしを起《お》こさない！」

ぼくの頭に、久《ひさし》さんの平手が飛《と》んできた。

「いってえ。だって、寝《ね》てたじゃないかよ。」

「む……、そういう時は、無理《むり》にでもわたしを起《お》こすもんだ。」

「ちぇ、わがままだよなあ。」

久《ひさし》さんは、ぼくににじりよって来た。

「それで？　何があった？」

「何……って。」

高い波《なみ》が、目の奥《おく》にせり上がる。生き物《もの》のように獰猛《どうもう》な海がよみがえった。

「……おぼれたんだ、ぼくとひさし君《くん》。」

「何？」

「ひさし君《くん》がぼくに、泳《およ》ぎを教えてってたのんだから、教えてたんだよ。そしたら高《たか》い波《なみ》が来て……。」

「広夢《ひろむ》が助《たす》けたのか？」

「そう、そしたら、二人ともつかれて浜《はま》で寝《ね》ちゃってさ。気が付《つ》いたら、男の人がぼくらを見下ろしてた。」

「男の人……。」

久《ひさし》さんの目が遠《とお》くを見つめた。

「そいつは……ほっぺたに傷《きず》がなかったか？」

「あ、ああ、そう言えば……。」

ゴクリと、久《ひさし》さんのつばを飲《の》みこむ音がした。

「そいつは……そいつの名前を聞いたか？」

「ええと、ひさし君《くん》がたしか、とみさんとかって。」

「……向《む》こう見ずの富《とみ》だ。」

「何、それ？」

「富《とみ》さんの呼《よ》び名だよ。富《とみ》さん……ちくしょう、会えたのかい。」

久《ひさし》さんは、にぎりこぶしで両目《りょうめ》をこすった。

「ひさし君《くん》は、その富《とみ》さんと帰《かえ》ったよ。チョコレートがおいしかったみたいでね。」

「何？」

「チョコレートだよ。ほら、さっき久《ひさし》さんがくれたやつ。」

「チョコレート……。」

久《ひさし》さんの目が、丸くなってぼくを見た。

「お前、やっぱり……やっぱりそうだったのか。」

いきなり久《ひさし》さんがぼくに抱《だ》きついてきた。

「ウワア、な、何?」

「広夢《ひろむ》、お前だったのか。」

久《ひさし》さんの力でしめつけられてはたまらない。ぼくの背骨《せぼね》が、ゴキッと音を立てた。

「く、苦《くる》しいよ、久《ひさし》さん。」

久《ひさし》さんは力をゆるめずに、ますますぼくをきつく抱《だ》きしめた。久《ひさし》さんの灰色《はいいろ》の髪《かみ》から、うっすらと日なたのにおいがただよってくるような気がした。


柱時計《はしらどけい》の音が、規則《きそく》正しく続《つづ》いている。

「へえ、なおったの?」

久《ひさし》さんが、重《おも》おもしくうなずいた。

「朝起《お》きたら、動《うご》いていた。もう動《うご》かないから、押《お》し入れにしまおうと思っていたんだが……やっぱり動《うご》いてくれた。」

久《ひさし》さんは、大きく息《いき》をすいこむと、かみしめるように言った。

「広夢《ひろむ》、この間会ったあの子……ひさしは、わたしだ。」

久《ひさし》さんのまわりの空気がふるえたような気がした。ぼくは空気のかたまりを飲《の》みこんだ。久《ひさし》さんに向《む》かって、小さくうなずく。

最初《さいしょ》から、ぼくにはわかっていたような気がする。ひさし君《くん》の丸い顔が、久《ひさし》さんに重《かさ》なった。それじゃ、ぼくは……ぼくと久《ひさし》さんは、過去《かこ》の色丹島《しこたんとう》に行っていたってことか？

「広夢《ひろむ》、たのみがある。」

久《ひさし》さんの顔が真剣《しんけん》だ。

「今夜《こんや》は起《お》こしてくれ。ぐっすり眠《ねむ》っていても、無理《むり》やり起《お》こしてくれ。」

「ああ……いいけど……。」

久《ひさし》さんは、こわばった顔をようやくゆるめた。

「きっとだぞ。」

うなずいたら、久《ひさし》さんの肩《かた》から力がぬけていくのがわかった。

ボーン
突然《とつぜん》、柱時計《はしらどけい》の音がひびいた。ぼくと久《ひさし》さんは思わず顔を見合わせた。

ボーン

「よろこんでるよ、こいつ。」

「ああ。」

二人で柱時計《はしらどけい》を見上げていると、おばあちゃんの顔がのぞいた。

「あら、二人で何してるの？」

「べつに、何でもありませんよ。」

久《ひさし》さんは、むっつり顔で立ち上がった。

「あら、ないしょ話？　いやあね、わたしにも教えて。」

おばあちゃんが、いそいそととなりにすわる。

「あのね。」

「うん。」

「久《ひさし》さんって……。」

「なあに？」

「ほんとはチョコレートが好《す》きなんだってさ。」

「は？」

キョトンとしているおばあちゃんを置《お》いて、ぼくも部屋《へや》を出た。

久《ひさし》さんの姿《すがた》は見えなかったけど、ぼくにはわかった。久《ひさし》さんは自分《じぶん》の部屋《へや》で、あの島《しま》の絵を見ているにちがいない。

7 海の金魚

足元で、小石がジャリジャリとさわぐ。

いっぱいに息《いき》をすいこむと、口の中に海の味《あじ》がよみがえった。かわいた風に、秋の匂《にお》いがまざっている。葉《は》っぱが枯《か》れていくときの、香《こう》ばしいような匂《にお》いだ。この島《しま》の夏がもう終《お》わろうとしている。

「クックック……。」

久《ひさ》さんが、空を見上げて笑《わら》い声をあげた。いくつになっても、変《へん》な笑《わら》い方は変《か》わらないもんなんだな。

「何か言ったか？」

「何でもないよ。」

空がまぶしい。あのひさし君《くん》が久《ひさ》さんだとすると、ここは六十年以上《いじょう》前の色丹島《しこたんとう》なのか？

あらためてまわりを見回してみる。ごつごつとした荒《あら》い岩、ななめにのびている松《まつ》の木（強い風のせいでこうなったって、久《ひさ》さんが教えてくれた）、頭上を飛《と》ぶ変《か》わった姿《すがた》の鳥、向《む》こうの丘《おか》に咲《さ》く花たち、それから、つきぬけるように青い空――今のぼくのまわりには、ないものばかりだ。

透明《とうめい》な空気をすいこむ。こんなにきれいな物《もの》たちを失《うしな》って、代《か》わりに手に入れた物《もの》は、いったい何なのだろう。

「どうした、ぼんやりして？」

久《ひさし》さんの手が、頭におりてきた。

「いや、この景色《けしき》、絵葉書《はがき》みたいだと思ってさ。」

「うむ……。」

久《ひさし》さんが胸《むね》をはった。

「色丹島《しこたんとう》は、景色《けしき》がいいので有名《ゆうめい》だったんだ。めずらしい鳥とか高山植物《しょくぶつ》とかが、この島《しま》にはどっさりある。少しはなれたところから見たら、いろんな色のビーズをばらまいたように見えるぞ。鳥だって札幌《さっぽろ》にはいないようなのがいる。」

「へえ、じゃあさ、あの鳥は何て言うの？」

久《ひさし》さんは、「オホン」と一つ咳《せき》ばらいをした。

「あれは、エトピリカと言う。見ろ、あの美《うつく》しいくちばしを。わたしたちは、よくあの鳥をつかまえて、遊《あそ》んだものだ。」

「つかまえたの？」

「そうだ。あのころは、わたしもあの鳥に負《ま》けないくらいすばしこかった。おお、それから、あの小さい鳥を見なさい。あれは、ウミスズメだ。それから、あっちの花。あれは、ホテイアツモリソウ、こっちの花はチングルマ。」

久《ひさし》さんはあちこち指《ゆび》さす。目が回りそうだ。

「見とれてしまうよなあ。色丹島《しこたんとう》は、アイヌ語《ご》で『美《うつく》しい島《しま》』っていう意味《いみ》がある。それくらいきれいな島《しま》なんだ。」

久《ひさし》さんの目がうるんでいる。ぼくは目をそらして、見ないふりをした。

「お……。」

突然《とつぜん》、久《ひさし》さんが顔を上げた。ぼくも久《ひさし》さんの目の先を追《お》いかける。松林《まつばやし》の向《む》こうから、子どもたちがやって来るのが見えた。

「やっぱり、今日だった。広夢《ひろむ》、かくれろ。」

「何で?」

「何でもだ。」

この前と同じ岩のかげに、体をしずめた。二十人くらいいるだろうか。子どもたちが、列《れつ》を作って進《すす》んでくる。先頭では、ひときわ体の大きな男の子が胸《むね》をはっていた。

「止まれ！」

かけ声といっしょに、動《うご》きがぴたりと止まった。ぼくは、いつかテレビで見た遠い外国の軍隊《ぐんたい》を思い出した。

「兵隊《へいたい》みたいだね。」

「この時代《じだい》では、当たり前のことだ。これから後に、太平洋戦争《たいへいようせんそう》がおこるんだからな。だんだん日本兵《にほんへい》が島《しま》にやってくるようになる。島《しま》を守《まも》るためだ。そして、島《しま》の人たちも軍事訓練《ぐんじくんれん》を受《う》け始《はじ》めるんだ。島《しま》を守《まも》るための戦《たたか》い方なんかのな。」

太平洋戦争《たいへいようせんそう》……そうか、やっぱり六十年以上《いじょう》前の時代《じだい》なんだ。背中《せなか》が、すーっと寒《さむ》くなった。

「みんなも知っていると思うが、今日は水泳《すいえい》の力だめしをする。」

岩の向《む》こうで、先頭の男の子が太い声をひびかせている。

「何いばってんの、あいつ。子どもとは思えないや。」

「あいつは死《し》んだ。」

「え？」

久《ひさし》さんの目が、光っている。

「あいつは死《し》ぬんだ、三年後に。中国大陸《ちゅうごくたいりく》で戦死《せんし》したんだ。」

ぼくは言葉《ことば》が出なかった。

「これから、二組に分かれる。どちらの組も全力《ぜんりょく》を出すように。とくに……。」

ボスの子の目が、列《れつ》の後ろで止まった。

「ひさしとしげる、お前ら、少しは浮《う》かべるようになったんだろうな。おれたちが、じっくり見てやるからな。」

ボスの子は、腰《こし》に手を当ててふんぞり返《かえ》った。ぼくは、なかなかひさし君《くん》を見つけられない。

「あ、いた。」

列《れつ》の後ろでちぢこまっている。子どもたちの中で見ると、ひさし君《くん》はずいぶんと小さく、たよりなさそうに見えた。波《なみ》にしずんだひさし君《くん》を思い出して、ぼくは思わず立ち上がった。だけど、ぼくより早かったのは久《ひさし》さんだった。岩をひらりと飛《と》びこえて、男の子たちの前に立ちはだかった。

「何だ、このじいさん?」

ボスの子《こ》が、横目《よこめ》でぼくたちを見た。

「清治《きよはる》、もうこの競争《きょうそう》やめてくれ。」

久《ひさ》さんが、頭を下げた。清治《きよはる》と呼《よ》ばれたそいつは、ぎょっとして後ずさりした。

「何で、おれの名前知ってるんだ？」

「何ででもいい。たのむから、やめてくれ。」

「気持《きも》ち悪《わる》いじいさんだな。」

清治《きよはる》は、顔をそむけた。

「始《はじ》めるぞー。」

子どもたちに向《む》かって、大きな声をはり上げる。

「清治《きよはる》。」

久《ひさ》さんが、清治《きよはる》の手をつかんだ。

「何するんだよ。」

清治《きよはる》に手をはらわれて、久《ひさ》さんはあっけなく砂《すな》の上にころがった。

「久《ひさ》さん！」

ぼくは、あわててかけよった。清治《きよはる》が、目を見開《みひら》いている。

「いったい何なんだよ。変《へん》な子どもまで出てきやがった。」

ぼくは、清治《きよはる》に飛《と》びかかろうとした。久《ひさし》さんが、ぼくの手をつかむ。

「やめろ。広夢《ひろむ》。」

「だって。」

「いいんだ、やめろ。わたしたちは、ここで見学させてもらうことにしよう。いいな、清治《きよはる》。」

清治《きよはる》は、チッと舌《した》をならした。

「勝手《かって》にしろ。だけどな、お前らよそもんだろ。口出しすんなよな。」

そう言うと、清治《きよはる》は大股《おおまた》で歩いて行ってしまった。

ああいうやつは、いる。どこにでもいる。小さな集まりの中でだけ、いばりちらしている、ほんとは肝《きも》っ玉《たま》の小さなやつ。

「久《ひさし》さん、どうしてとめたのさ。ぼく、一発《いっぱつ》なぐってやりたかったのに。」

岩に腰《こし》かけながら、ぼくは久《ひさし》さんをにらみつけた。

久《ひさし》さんはへの字に口をまげて、ぼくの足を指《ゆび》さした。見ると、ぼくの足が、小さくふるえている。ぼくは、咳《せき》ばらいを一つして久《ひさし》さんから目をそらした。

久《ひさし》さんは、石の上にあぐらをかいてすわりこんだ。

「よーし、行けー。」

声といっしょに男の子が二人、海に向《む》かってかけ出した。大きく、波《なみ》しぶきが上がる。歓声《かんせい》が湧《わ》き上がった。清治《きよはる》は腰《こし》に手を当てて、うすら笑《わら》いを浮《う》かべている。

ぼくは、海に目をやった。海の中にひょろんと突《つ》き出た岩が目印《めじるし》らしい。そこまで泳《およ》いで折《お》り返《かえ》して、男の子たちがもどってくる。すごい速《はや》さだ。

ぼくは目を見はった。子どもたちの列《れつ》に目を向《む》ける。

ひさし君《くん》がいた。後ろの方で、小さい体をますます小さくして、うずくまっている。久《ひさ》さんの話が本当なら、ひさし君《くん》は小さいころの久《ひさ》さんだ。

ぼくは、目をこらした。小さくて、気が弱くて、いつもおどおどしているひさし君《くん》。こいつが大きくなったら、久《ひさ》さんになるっていうのか？　信《しん》じられない。

泳《およ》いだ子どもたちが、次《つぎ》つぎと海から上がってくる。

「次《つぎ》、ひさし君《くん》の番だよ。ねえ、ひさし君《くん》、まだ泳《およ》げないはずだよ。やめさせようよ。」

久《ひさ》さんは口をへの字に曲《ま》げたまま、何も言わない。久《ひさ》さんの目の先に、ひさし君《くん》がくちびるをかみしめて立っている。風がふいたら、そのまま倒《たお》れてしまいそうだ。ぼくの手のひらに汗《あせ》がわいた。横《よこ》を見たら、久《ひさ》さんが同じ顔で海をにらんでいた。

ひさし君《くん》が飛《と》びこむ。

「がんばれー。」

思わず声を出してしまったけれど、だれもこっちを見なかった。

ひさし君《くん》が進《すす》んでいく。すごいしぶきを立てて、ゆっくり泳《およ》いで行く。

「あれで、浮《う》かんでるのかなあ。すごいしぶきだよ。こんな日じゃ、きっと水は冷《つめ》たいよね。ああ、あれじゃ、だいぶん水飲《の》んでるよ。」

「うるさい。少しだまりなさい。」

だまっているのが苦《くる》しかった。また、ひさし君《くん》が波《なみ》の中にしずんだらどうしよう……。

そればかり考えていた。ものすごく長い時間に思えた。

「う……。」

久《ひさし》さんが低《ひく》くうなった。

「広夢《ひろむ》、行け。」

「えっ？」

「海だ。早く行け！」

何がなんだかわからないまま、ぼくは海に向《む》かって走り出した。

その時、ひさし君《くん》の体が、波《なみ》の中にふっと消《き》えた。

「ばか、おぼれやがった。」

清治《きよはる》が、ぼくより早く海に飛《と》びこんだ。波《なみ》が、ぼくらを押《お》しもどすようによせてくる。

「く……そ、どこだ?」

「いた、あそこだ!」

そばで声がした。いつのまに泳《およ》いで来たのか、富《とみ》さんの太い腕《うで》が、波《なみ》をかきわけている。ひさし君《くん》の顔が、ぽっかりと浮《う》かんできた。


「前へ出ろ。」

富《とみ》さんの声がふるえている。

「何してる。さっさと前に出ないか!」

清治《きよはる》と何人かの男の子が、顔を見合わせながら前に進《すす》んだ。

「このばか者《もの》が!」

バシッと音がして、清治《きよはる》がひっくり返《かえ》った。

「なして、こったらことする。泳《およ》げねえやつを、無理《むり》やり海に出したらどうなるか、わからねぇはずないだろ。」

清治《きよはる》が、上目使《うわめづか》いににらんだ。

「何だ、その目は？」

「だらしねぇからだよ。漁師《りょうし》の息子《むすこ》のくせに泳《およ》げもしねぇなんて、島《しま》の男でねぇ！おれたちは、しげるとひさしのためを思って……。」

「何言ってんだ、清治《きよはる》。泳《およ》げねぇこいつらのためを思えば、もっとちがうやり方があるってことくらいわからねぇか！」

富《とみ》さんがもう一度《いちど》腕《うで》をふり上げると、男の子たちは、いっせいに散《ち》らばった。この島《しま》の子たちは、泳《およ》ぎだけでなく走るのも速《はや》いらしい。あっというまに、見えなくなってしまった。あとには、イガグリ頭の男の子と、ひさし君《くん》だけが残《のこ》った。

ひさし君《くん》は、あお向《む》けに寝《ね》そべって空を見上げている。男の子は、青い顔でひさし君《くん》をのぞきこんでいる。この子がきっと、しげるって子だ。

「まったく、ひでえなあ。かなり水飲《の》んでるからな、まだ動《うご》かねぇ方がいい。」

富《とみ》さんが、手ぬぐいでひさし君《くん》の顔をふいている。

久《ひさし》さんは、二人の前にまっすぐ立つと、深《ふか》ぶかと頭を下げた。

「何だ、あんた？」

富《とみ》さんが、まゆをよせた。久《ひさし》さんは何も言わない。肩《かた》が小さくふるえている。

しげるが顔を上げた。

「おじさん、誰《だれ》？」

久《ひさし》さんのかすれた声が聞こえた。

「……わたしは。」

ぼくと富《とみ》さんの目が合った。ぼくは、軽《かる》く頭を下げた。

「わたしは、田中《たなか》……。」

「ああ！」

富《とみ》さんが声を上げた。

「あんた……。」

富《とみ》さんは、ぼくと久《ひさし》さんを代《か》わるがわる見くらべた。

「あんた、この子の仲間《なかま》の田中《たなか》さんかい？」

久《ひさし》さんは、ちょっと考えてからうなずいた。

「そうかい。やっぱり、あんたも神様《かみさま》かい。」

「は？」

「この間は、悪《わる》かったよ。ゆうれいだと思っちまったのさ。なんたって突然《とつぜん》体がすき通って、消《き》えてしまうもんだもの。だけどひさしの話聞いて、こいつはゆうれいなんかでねぇ、神様《かみさま》にちがいねぇ、ってな。もうわかったから。」

富《とみ》さんが、鼻《はな》をすすり上げた。

「ありがてぇことだよなあ。生きてるうちに神様《かみさま》に会えるなんてなあ。」

富《とみ》さんは、両手《りょうて》を合わせてブツブツと祈《いの》り出した。

しげる君《くん》は、久《ひさし》さんから目をはなさない。首をかしげたかっこうで、固《かた》まってしまったみたいだ。

「な、何だ、君《きみ》は？」

久《ひさし》さんが、不機嫌《ふきげん》な声を出した。

「いや……会ったことなかったかな、と思って。」

「あるはずないだろう。」

久《ひさし》さんは、ふいと空を向《む》いた。富《とみ》さんが腕《うで》を組む。

「そりゃあ、そうだぞ、しげる。神様《かみさま》になんて、そうしょっちゅう会えるもんじゃねぇ。

うん、うん。」

「いや、わたしは……。」

「なあ、神様《かみさま》に、折《お》り入ってたのみたいことがあるんだけども……。」

「え？　だから、わたしは……。」

「ちょっくら、聞くだけ聞いてくんねえべか。」

富《とみ》さんが、久《ひさし》さんに近づいていく。久《ひさし》さんが、かたい声を出した。

「富《とみ》さん、足だいじょうぶか？」

「足？」

見ると、軽《かる》く右足を引きずっている。富《とみ》さんは、ケッとのどを鳴らした。

「さっき、ちょっとくじいただけだ。何でもねぇ、それより神様《かみさま》よお。」

富《とみ》さんは、久《ひさし》さんに顔をくっつけて、何か話し出した。

その時、ひさし君《くん》が、ようやく体を起《お》こした。

「あれ、ひさし君《くん》、だいじょ……？」

ぼくは、息《いき》を飲《の》んだ。ひさし君《くん》の体中に、びっしり赤いはんてんが散《ち》らばっている。

「これ……蕁麻疹《じんましん》？」

ぼくはひさし君《くん》と久《ひさし》さんを見くらべてしまった。ひさし君《くん》はくちびるをかんで、歩き出した。

「ひさし君《くん》。」

「付《つ》いてこないでよ。」

ひさし君《くん》はうつむいたまま、ずんずん歩いていく。久《ひさし》さんは、富《とみ》さんの相手《あいて》で忙《いそが》しそうだ。ぼくは、ひさし君《くん》の後を追《お》いかけることに決《き》めた。

ひさし君《くん》は、何も言わない。石ころを見ながらただ歩く。蕁麻疹《じんましん》が浮《う》き上がっていて、足が動《うご》くたびに、赤いはんてんが、ほろほろとこぼれ落《お》ちるような気がした。

しばらく行くと、まばらに家が見えてきた。木でできている家だ。ぼくは、立ち止まってしまった。こんな家に人が住《す》んでいるのか？　板切《いたき》れをつなぎ合わせたような壁《かべ》、ゆがんだ戸、そしてつぶれそうな屋根《やね》、その上にはいろいろな大きさの石がのせてある。強い風がふいたら、こわれてしまいそうだ。

砂《すな》に足がめりこんでいくような気がした。けれど、少し歩くと、そんな家ばかりではないことがわかった。

新しくて木の壁《かべ》がつやつやしている家もあれば、目を見はるほど大きな家もある。

じっくり見てみたかったけれど、ひさし君《くん》の足が早すぎる。わき目もふらずに、ぐいぐい歩いていく。

「待《ま》てよ、ひさし君《くん》、どこ行くのさ。」

ひさし君《くん》は、急《きゅう》にかけ足になった。

「おい、待《ま》てよ。待《ま》ってってば。」

ひさし君《くん》は、一軒《けん》の家に飛《と》びこんでいった。ぼくは、足を止めた。ここが、ひさし君《くん》の家なんだろうか。

「あれ?」

ひさし君《くん》が、家《いえ》から飛《と》び出してきた。

「ひさし君《くん》。」

ひさし君《くん》の肩《かた》が大きくゆれた。そのひょうしに、持《も》っていた赤い物《もの》が足元に落《お》ちた。金魚だった。口をパクパクさせて、石の上であばれている。

ひさし君《くん》は、何も言わずに、その金魚をひろうと、また走り出した。ぼくも、走る。

あの金魚、何なんだ? どうするんだ?

ひさし君《くん》は海まで来て、ようやく立ち止まった。

まっすぐ前をにらむと、右手をふり上げた。

「あっ。」

金魚が飛《と》んでいく。

青い画用紙《がようし》に赤いクレヨンがすべるみたいに金魚は空を飛《と》んで、そして海に落《お》ちた。

「ばかだなあ。死《し》んじゃうよ、金魚。」

そばに行きかけてやめた。

ひさし君《くん》が泣《な》いていた。声を出さずに泣《な》いていた。涙《なみだ》だけが、どうどうとほっぺたを流《なが》れている。ぼくは動《うご》けなくなった。

「ばかやろー!」

後ろで声がして、男の子が一人、すごいいきおいで走ってきた。

そのまま海にジャブジャブ入っていく。しげる君《くん》だ。どんどん沖《おき》へ行ってしまう。

「おい、君《きみ》、あぶないよ。ねえ、あぶないってば。」

ぼくは、しげる君《くん》を追《お》って海に入った。

「もどろう。」

「あんたもさがしてよ。」

しげる君《くん》はぼくにしがみついてきた。今にも、かみつきそうだった。

「だいじな金魚なんだ。さがしてよ。」

「無理《むり》だよ。」

「だいじなんだ。」

「無理《むり》だよ！」

ぼくは腕《うで》をつかんで、しげる君《くん》を無理《むり》やり岸《きし》まで引っぱっていった。

ひさし君《くん》は、さっきと同じかっこうで立っている。

「ひさし……どうしてくれるんだよ。」

しげる君《くん》が、つかみかかっていく。

「同じだよ。」

ひさし君《くん》の声は、かすれていた。

「あの金魚、おれやしげるとおんなじだ。海では泳《およ》げないんだ。」

「……そんなの……そんなの当たり前じゃないか。金魚が海で、泳《およ》げるはずねえだろ。」

ひさし君《くん》は、答えない。涙《なみだ》で、ほっぺたが光っている。しげる君《くん》の手がはなれた。

「許《ゆる》さないぞ、ひさし。ぜったい、許《ゆる》さないぞ。」

にらんだ顔がくずれた。

「許《ゆる》さないからな。」

しげる君《くん》が背中《せなか》を向《む》けた。途中《とちゅう》で突然《とつぜん》ふり向《む》くと、ひさし君《くん》目がけて何かを投《な》げた。

一瞬《いっしゅん》金魚かと思ったけどそんなはずはなくて、ころがったのは石だった。

ひさし君《くん》は鼻《はな》をすすりながら、それをひろい上げた。

しげる君《くん》は、さっきの家に走りこんで、もう姿《すがた》は見えなくなっていた。

「ひどいなあ、あいつ。ひさし君《くん》に当たったらたいへんだよ。」

「ひどいのは、おれの方だよ。」

石《いし》をにぎったままひさし君《くん》が歩き出す。ぼくも後を追《お》いかける。

金魚を飲《の》みこんだ海が、後ろでドドーンと大きな音を立てた。

8

柱時計《はしらどけい》

「ここ。おれの家。」

ひさし君《くん》の家は、しげる君《くん》の家から百メートルくらいはなれたところにあった。

やっぱり木造《もくぞう》で、しげる君《くん》の家よりひと回りくらい大きかった。

「ひさし、どこ行ってた？　早く手伝《てつだ》えよ。」

頭に手ぬぐいを巻《ま》いた男の人が、両手《りょうて》いっぱいにカゴを抱《かか》えて通りすぎた。

「あれ、上から三番目の兄ちゃん。」

「へえ、もう大人なんだね。」

「そりゃあね。十二人も兄弟《きょうだい》いるんだもの。」

ひさし君《くん》が、戸に手をかけた。

「よっ。」

戸はガタガタ音を立てるだけで、なかなか開《あ》かない。

「戸まで、おれをばかにしてる。」

ひさし君《くん》の顔が赤くなった。

　ガタン！

大きな音が一つして、ようやく戸が開《あ》いた。

「中、入んなよ。」

ひさし君《くん》が、肩《かた》で息《いき》をしながら言った。

小さな戸をくぐると、物置《ものおき》のような場所《ばしょ》に出た。潮《しお》の匂《にお》いが、ただよっている。

「ここは、コンブの作業場《さぎょうば》。ここで、コンブを丸めたり、保存《ほぞん》したりするんだ。」

「へえ。」

見とれてしまった。作業場《さぎょうば》にはゴザがしいてあって、そのすみには、巨大《きょだい》な毛糸玉みたいなものが積《つ》み上げてある。

「あれは、コンブ。少しかわかしてから、ああやって丸めておくと、ぴっしりとのびるんだ。」

「へえー。」

ぼくは、湯《ゆ》どうふに入れるコンブしか知らない。こんな風に丸められるくらい長いものなのか。

「こっちが、家。」

ひさし君《くん》は、作業場《さぎょうば》のとなりを指《ゆび》さした。せまい玄関《げんかん》があった。ぞうりが何足《なんぞく》か置《お》いてある。のれんをくぐると、大きなちゃぶ台が目に入った。くすんだ赤い色のざぶとん、飲《の》みかけのお茶、日めくりのこよみ。天井《てんじょう》からは大きなランプがぶら下がっている。

「へえ、ランプか。めずらしいね。」

「めずらしい？　君《きみ》の家はランプじゃないの？」

「うん。電気だよ。」

ひさし君《くん》が口をとがらせた。

「……すごいなあ、神様《かみさま》だもんな。」

ぼくらの時代《じだい》では神様《かみさま》じゃなくても電気を使《つか》うんだよ、ひさし君《くん》。心の中で、つぶやいた。部屋《へや》の中をぐるりと見回す。ぼくの目が壁《かべ》の一点で止まった。

「あ……。」

息《いき》が止まったかと思った。思わずかけよる。

あの柱時計《はしらどけい》だ。

ずいぶん新しい。色もはげていないし、傷《きず》ひとつ付《つ》いていない。茶色に光りながら、すまして壁《かべ》にかかっている。

「いいだろ、この時計。父さんが、去年根室《きょねんねむろ》で買ってきたんだ。うちの宝物《たからもの》さ。」

「ねむろ？」

「うん。しょっちゅう行くわけじゃないんだけどね。冬になる前には毎年行くんだ。ひと冬分の食べ物《もの》を買いこんでくるのさ。米とか味噌《みそ》とか。すごい量《りょう》だよ。」

ひさし君《くん》はそう言いながら、ネジを巻《ま》き出した。

キリキリリ……と、気持《きも》ちが引きしまるような音がした。

それから、ひさし君《くん》は、時計《とけい》に向《む》かって手を合わせたんだ。

「どうか、おれが強くなれますように。」

首をかしげているぼくに、ひさし君《くん》は、てれたようにつぶやいた。

「富《とみ》さんが言うんだ。すべての物《もの》に神様《かみさま》がいるって。だから、おれは、いろんな物《もの》にお祈《いの》りする。海にも山にも空にも草にもそれから、この柱時計《はしらどけい》にもさ。なんか、安心《あんしん》するんだ、この時計《とけい》。」

ぼくも、思わず手を合わせてしまった。

「どうか、またひさし君《くん》に会えますように。」

ひさし君《くん》は目をパチクリさせて、ぼくを見た。

「そうか、お前、神様《かみさま》だったもんな。もう消《き》えるのか？」

「う……ん、たぶんね。」

「でもさ、神様《かみさま》なら、自由《じゆう》に行ったり来たりできるんでないの?」

「いや、そうもいかないんだ。」

そうできたら、どんなにいいだろう。

「ふーん。神様《かみさま》にもいろいろあるみたいだな。それなら、おれも。また神様《かみさま》に会えますように。」

ひさし君《くん》は、ポケットから小さな石を出した。

「あれ?」

「ああ、これ、さっきしげるから投《な》げられた石。とっておこうと思ってさ。今日のこと、忘《わす》れないように。」

この石……、もしかしたら、久《ひさし》さんが廊下《ろうか》の下に埋《う》めたっていう石か?

ひさし君《くん》は、柱時計《はしらどけい》の振《ふ》り子《こ》の下に石を置《お》いた。それから、もう一度《いちど》手を合わせたんだ。

「また、神様《かみさま》の田中君《たなかくん》に会えますように。」

突然《とつぜん》、ぼくは気づいた。これだったのか。このお願《ねが》いを、柱時計《はしらどけい》と石がかなえてくれたんだ。おい、柱時計《はしらどけい》に石、お前たち、時間も距離《きょり》もこえて、ぼくをここに連《つ》れてきてくれたのか？

ぼくも手を合わせて、柱時計《はしらどけい》と石を見つめた。

なあ、そうなんだろ。

ボーン、ボーン……

柱時計《はしらどけい》が返事《へんじ》をしてくれた。


口の中が、海の味《あじ》になった。

「おいしいねえ、このコンブ。」

「そうだろな。おれが干《ほ》したんだからな。」

ひさし君《くん》が、自慢気《じまんげ》に鼻《はな》をひくひく動《うご》かした。海に続《つづ》く砂利道《じゃりみち》が、ぼくたちの前に長くうねっている。ひさし君《くん》が、つぶやいた。

「おれ、さっき泳《およ》いでる時思ったのは、金魚のことだけだった。」

「金魚？」

ひさし君《くん》の細い背中《せなか》を見つめる。

「あの金魚、しげるの父さんが根室《ねむろ》の金比羅神社《こんぴらじんじゃ》の祭《まつ》りに行った時、おみやげに買ってきたやつなんだ。しげる、体が弱《よわ》くてね。すぐに熱《ねつ》出すんだ。祭《まつ》りの時も、しげるだけ熱《ねつ》出して行けなかったから。ほかの兄弟たちは、みんな船《ふね》で行けたのにさ。」

「そう……か。」

「だけど金魚も、毎日毎日、あんなせまいビンに入れられてさ、ただくるくる泳《およ》いでるだけなんだよ。何のために生きてるのかなあ、っていつも思ってたよ。」

「うん。」

「おぼれてもいいや、って思《おも》ったんだ。」

「えっ？」

「泳《およ》いでる時さ、おれはこのままおぼれてもいいって思ったんだ。海はきれいで、でっかいし、おれは泳《およ》げないから、どうせ漁師《りょうし》になんてなれっこない。海にしずんだってかまわないって。そしたら、ほんとにおぼれて……。」

「しかたないさ。」

「いや、しかたなくない。しげるは、おれに手をのばしたんだ。助《たす》けてくれようとしたんだ。」

「しげる君《くん》だって、助《たす》けられるほど、泳《およ》ぐのうまくないじゃないか。」

「だからさ、おれ、くやしかった。こういうことで決《き》まってしまうなんて、すごくくやしかった。何か、ちがうって思った。

そしたら、しげるの金魚のこと思い出した。あいつもどうせ海では生きていけないんだ。人間に飼《か》われて、せまいビンの中で、何も知らずに生きていくだけなんだ。それって、おれにそっくりだ。そう思ったら、金魚を海に放《はな》したくなった。どうしても、海に放《はな》さないとだめだ、って気になった。」

「だって、海じゃ、金魚は生きていけないじゃないか。」

ひさし君《くん》は立ち止まって、ぼくを見た。

「それでもさ、おれ、金魚を放《はな》したかったんだ……海へ。」

ひさし君《くん》の顔が、くしゃっとつぶれた。

ぼくたちは、しばらくだまってコンブをかじりながら歩いた。

ひさし君《くん》の手から、ようやく蕁麻疹《じんましん》が消《き》えている。

「ねえ、ひさし君《くん》。ぼくらがおじいちゃんになるまで、あと五十年以上あるね。」

返事《へんじ》は返《かえ》ってこない。

「きっと、いろんなことがあるよ。いろんな人と会ったり、いろんなところに行ったり、いろんなこと覚《おぼ》えたり。」

ひさし君《くん》は、前を向《む》いたまま歩き続《つづ》ける。

ひさし君《くん》は、これから戦争《せんそう》の時代《じだい》を生きるんだ。そう思ったら、息《いき》がつまるような気がした。

「ぼくらの世界《せかい》はどんどん広がるよ、きっと。泳《およ》げなくても、漁師《りょうし》になれなくても、広がるよ。」

ぼくは、しゃべり続《つづ》けた。何を言ったらひさし君《くん》が元気になるのか、ぼくにはさっぱりわからなかった。

ひさし君《くん》が立ち止まる。足元の石を見ながら、つぶやいた。

「そう言えばさ、おれ、お前の名前、聞いていなかったな。」

「あ、ぼく？　ぼくは、田中《たなか》。」

「だから、その続《つづ》きは何？」

ひさし君《くん》が顔を上げた。ほっぺたにできている涙《なみだ》のすじに、ぼくは気が付《つ》かないふりをした。

「広夢《ひろむ》だよ。ぼくは、田中広夢《たなかひろむ》って言うんだ。」

「ひろむか。」

「うん、広《ひろ》い夢《ゆめ》って書《か》くんだ。」

ひさし君《くん》は、息《いき》をすいこんだ。

「いい名前だな。」

「そ、そうかな。」

「すごくいいよ。」

ぼくは、てれてしまった。

「じゃあさ、ひさし君《くん》がおじいちゃんになって、孫《まご》ができたら、ぼくの名前付《つ》けてよ。」

ひさし君《くん》は、鼻《はな》をすすった。

「何で孫《まご》なんだよ。子どもに付《つ》けるよ。」

「だ、だめだよ。孫《まご》じゃないと。」

「何で？」

「……何でって、つまり……そういう運命《うんめい》なんだよ。」

「ふーん。よくわかんないなあ。」

ひさし君《くん》は、ホッと息《いき》をはき出した。

「でも、まあ、いいか。」

「うん、いいさ。」

ちょっと安心《あんしん》した。ぼくがぼくでいられる。変《へん》な気はしたけど。目を空に向《む》ける。なんて広い空だろう。

「ねえ、ひさし君《くん》、あの金魚さ、海で生きているとは思わないか。」

「え？」

「見たわけじゃないだろ、死《し》んだとこ。」

「……そうだけど。」

「生きているかもしれないよ。意外《いがい》に海の水が体に合ってさ。いつか大群《たいぐん》になって、ここに押《お》しよせてくるかもしれない。」

ひさし君《くん》は、フフ……と笑《わら》った。ぼくも笑《わら》った。ぼくらの目の奥《おく》で、赤い金魚の群《む》れがちらちらと泳《およ》いでいた。

「あれ？」

道の向《む》こうに人がいる。あれは、ひさし君《くん》のお兄さん？

「いけねえ、あれ、一番上のあんちゃんだ。うちで一番おっかないんだ。おれ、帰らないと。」

「ひさしぃー、何やってんだぁ。さっさと仕事手伝《しごとてつだ》えよー。」

あんちゃんの大声だ。ひさし君《くん》は、肩《かた》をすくめてぼくを見た。

「じゃあ、おれ、帰るわ。」

「ああ。」

「また会えるように、毎日柱時計《はしらどけい》にお祈《いの》りするよ。でもなあ、ききめはないかもな。泳《およ》げるようになりたいって毎日お祈《いの》りしてるけど、だめだし。」

ぼくは力いっぱい横《よこ》に首をふった。

「だめじゃないよ。かなえてくれるよ、きっと。ええと、君《きみ》の孫《まご》が十一歳《さい》になったら、きっと。」

「ええ？　何だ、それ？」

ひさし君《くん》の笑《わら》ったこの顔を、ぼくは一生覚《おぼ》えておこうと思った。

ひさし君《くん》がかけていく。ふいにぼくの胸《むね》がつまった。

「ひさしくーん。」

ひさし君《くん》がふり向《む》いた。しぶい顔は久《ひさし》さんそっくりだった。

「あ……あのー、元気でね。」

「お前もね。」

子どもの顔にもどって、ひさし君《くん》がかけていく。

「元気でねー。」

「お前もねー。」

声が、だんだん遠くなる。

「元気でねぇー。」

ひさし君《くん》の声は、もう返《かえ》ってこなかった。

ハマナスの濃《こ》いピンクの花が、ぼくに答えるようにいっせいにゆれた。

しげる君《くん》と久《ひさし》さんが相撲《すもう》をしている。まったく、久《ひさし》さんときたら、何をしでかすかわからない。

「くっそー。」

「まだまだ。」

「年寄《としょ》りになんか、負《ま》けるもんか。」

「こっちだって、チビになんて負《ま》けてたまるか。」

二人とも、顔がまっ赤だ。

「ちょっと、久《ひさし》さん。」

「うるさい!」

横目《よこめ》でにらまれた。しかたないから、しばらく見物《けんぶつ》することにした。

こんな子どもと相撲《すもう》を取《と》るなんて、久《ひさし》さんたら大人じゃないよな。

二人は組み合ったまま、動《うご》かない。時どき目と目でにらみ合っている。勝負《しょうぶ》がつきそうにない。手かげん……なんてするはずないか、久《ひさし》さんが。

「お……おじいさん。」

しげる君《くん》が、久《ひさし》さんのズボンをつかんだまま、うなりながら言《い》った。

「何だ。」

「……おれ、許《ゆる》してやってもいいよ、ひさしのこと。」

「何?」

久《ひさし》さんの力が、フッとぬけるのがわかった。

「すきあり!」

久《ひさし》さんの骨《ほね》ばった背中《せなか》が、砂《すな》の上にたたきつけられた。

「ヘッヘッヘ、おれの勝《か》ちだ。甘《あま》いな、おじいさん。」

「お前、だましたな。いてて……。」

しげる君《くん》はすました顔で、砂《すな》をはらった。

「だまされる方が悪《わる》いよ。勝負《しょうぶ》に情《なさ》けは禁物《きんもつ》だからな。」

「この……。」

久《ひさし》さんは、まだ立ち上がれない。

「だいたい、許《ゆる》すとか許《ゆる》されるとか、そういうもんでないのさ。」

「何?」

「おじいさんには、わかんないさ。ひさしとおれの仲《なか》は、金魚ぐらいではこわれないってこと。だけど、すぐに話はできねぇ。あいつ、調子《ちょうし》に乗《の》りやすいからな。」

「しげる。」

久《ひさし》さんは立ち上がりかけて、またしゃがみこんだ。

「あれ、おじいさん、泣《な》いてんの? そんなに痛《いた》かった?」

「ば、ばかな。大人が簡単《かんたん》に泣《な》くか。」

「けっこう年くってんだろ。手かげんすればよかったな。」

「うるさい。手かげんは、わたしが一番きらいな言葉《ことば》だ。」

しげる君《くん》が、久《ひさし》さんについた砂《すな》をはらい始《はじ》めた。久《ひさし》さんは、置物《おきもの》みたいに動《うご》かない。

パンパンパン――　三回で立ち上がった。

「じゃあ。おれ、帰るから。」

「うむ……さっさと帰りなさい。」

置物《おきもの》のまま久《ひさし》さんが言った。

「おじいさんさ。」

しげる君《くん》が、久《ひさし》さんの顔をのぞきこんだ。

「何だ?」

「いや、何だか、ひさしに似《に》てるな、と思ってさ。」

久《ひさし》さんの手がのびて、しげる君《くん》の頭をつかまえた。

「しげる。」

「何?」

「お前、長生きしろよ。」

「ゲー、何言ってんのさ。」

しげる君《くん》はカラカラと笑《わら》って、手をはねのけた。

「おれ、必《かなら》ず泳《およ》げるようになるから。ひさしに負《ま》けねえから。」

「ああ。」

「じゃあな。」

しげる君《くん》の後ろ姿《すがた》から、久《ひさし》さんの目がはなれない。

ぼくは声をかけることもできない。ばかみたいに、ぼーっと、ただ久《ひさし》さんを見ていた。

ザザ……ザー
ザザ……ザー……

終《お》わりのない音楽のように、波《なみ》が打《う》ちつける。

海はたくさんのことを知っているにちがいない。たくさんの人間のたくさんの思いを受《う》け止めて、それでも変《か》わりなくこうやって、くり返《かえ》しくり返《かえ》し……。

ぼくは、久《ひさし》さんの右手に自分の手をすべりこませた。

「しげる君《くん》って、今ぼくらの時代《じだい》ではどうしてるの？」

「わからない。島《しま》を出たかどうかさえわからない。」

「じゃあ、あの富《とみ》さんって言う人は?」

久《ひさし》さんが、ぼくの手を強くにぎった。

「富《とみ》さんは、撃《う》たれて……。」

「え?」

「色丹島《しこたんとう》から出られなかった。」

ぼくは、久《ひさし》さんの手をにぎり返《かえ》した。

「久《ひさし》さん、つれて帰ろう。しげる君《くん》と富《とみ》さんをつれて帰《かえ》ろうよ、ぼくたちの時代《じだい》にさ。

驚《おどろ》くかもしれないけど、だけど……。」

「無理《むり》だ。」

久《ひさし》さんが、泣《な》き笑《わら》いの顔になった。

「何で? このままなら、あの人たち、死《し》んじゃうよ……。」

「生きているのかもしれないだろう。どこか、わたしの知らないところで。」

「だって、それでも。」

「広夢《ひろむ》、わたしたちは神様《かみさま》じゃない。」

久《ひさし》さんのほっぺたを涙《なみだ》が一本、しわを伝《つた》って流《なが》れていった。

一歩が重《おも》かった。遠い時間を、ぼくはこんなに簡単《かんたん》にこえようとしている。

久さんは口をへの字に曲《ま》げたまま、まっすぐ前を見つめている。

海の音が小さくなる。後ろを向《む》くと、霧《きり》の中《なか》に灰色《はいいろ》の海が煙《けむ》って見えた。

「広夢《ひろむ》。」

久《ひさし》さんが、ぼくの手を引っぱった。ぼくはもう一度《いちど》、島《しま》の空気をいっぱいにすいこんだ。潮《しお》の香《かお》りでむせ返《かえ》りそうだ。久《ひさし》さんの島《しま》の香《かお》りだ……。

ぼくが右足をふみ出すと、海はもうそこにはなかった。

ぼくたちがもどってきた時、柱時計《はしらどけい》の音が聞こえた。

「あれ？」

久《ひさし》さんとぼくは、顔を見合わせた。

「変《へん》だよ、久《ひさし》さん。」

柱時計《はしらどけい》の音が鳴りやまない。

「島《しま》に行けってこと？」

久《ひさし》さんが、廊下《ろうか》の向《む》こうに目を向《む》けた。

その時、ガタン！と、何かがぶつかるような大きな音がした。

ぼくらは、大急《おおいそ》ぎで居間《いま》に走った。

「ヒュー。」

久《ひさし》さんののどから、奇妙《きみょう》な音がもれた。

柱時計《はしらどけい》が床《ゆか》に落《お》ちていた。振《ふ》り子《こ》がはずれて、ころがっている。

「時計《とけい》が……死《し》んでしまった。」

「死《し》んだって……こわれただけだよ、久《ひさし》さん。」

「ちがう、時計《とけい》は生きてたんだ、ついさっきまで。」

久《ひさし》さんの肩《かた》が落《お》ちている。

「もう二度《にど》と色丹島《しこたんとう》には行けない。今日で終《お》わりだ。」

「久《ひさし》さん、あのさ……。」

「広夢《ひろむ》、今日からわたしを『おじいちゃん』と呼《よ》んでほしい。」

「何言ってんのさ、久《ひさし》さん。」

「……ちがう、おじいちゃんだ。」

久《ひさし》さんはがっくりとうなだれて、そのまま部屋《へや》に消《き》えてしまった。


もう一度《いちど》、ぼくは柱時計《はしらどけい》を見下ろした。

振《ふ》り子《こ》を、元の場所に入れてみる。うまくはまらない。針《はり》も曲《ま》がっていて、今にもはずれてしまいそうだ。久《ひさし》さんの言うように、時計は死《し》んでしまったのかもしれない。

それでも、ぼくはあきらめられなかった。ゆっくりと柱時計《はしらどけい》を柱《はしら》の元の位置《いち》にかけてみる。

「たのみます。」

ポンポンとおでこのところで手をたたいて、おがんだ。

久《ひさし》さんとひさし君《くん》の顔が、大きく目に浮《う》かんだ。

部屋《へや》を出る時、柱時計《はしらどけい》が小さくふるえたような気がした。

9

脱出《だっしゅつ》

黒い闇《やみ》が、目の前にのびている。墨《すみ》でぬりつぶしたような暗《くら》さだ。

自分の足さえ見えない。

波《なみ》の打《う》ちよせる音で、近くに海があるのがわかった。少ししめった潮風がなつかしい。

「島《しま》の……あの浜《はま》だ。」

何だか長いこと、来ていないような気がした。目をこらしてみる。やっぱり、何も見えない。

「変《へん》だな。何で、ぼくここに……。」

足をふみ出すと、つま先が固《かた》い物《もの》にぶつかった。おそるおそる手をのばしてみる。大きな岩らしい。久《ひさし》さんとかくれたあの岩だ。そう言えば、久《ひさし》さん、久《ひさし》さんはどこだろう？

目をこらした時だ。ザクザクと、人の歩く音がした。

かくれなくても同じような気もしたけど、ぼくは手さぐりで岩の向《む》こうに回った。

足音が近くなる。一人や二人ではなさそうだ。いくつかの足音が、おびえるように進《すす》んでくる。

「だいじょうぶか？」

小さな声がした。辺《あた》りの空気がゆれる。

「船は、岩のかげにかくしてあっから。」

この声?……。

「あんたも行くべ。」

押《お》し殺《ころ》した低《ひく》い声がした。

「いや……おれはまだ行かねぇ。」

この声、やっぱり。

「そんなこと言ったって……。」

「シッ、あいつらに聞こえるぜ。」

富《とみ》さんだ。

「いいか、今日はぜっこうのくもり空だ。こんな日を逃《のが》したら、いつ、島《しま》から出られるかわかりゃしねぇ。」

「だから、あんたも……。」

「おれは、まだ行かねぇ。佐藤《さとう》の家の者《もの》もまだ残《のこ》ってるし、倉谷《くらたに》の家も、まだ逃《に》げてねぇ。」

「倉谷《くらたに》……あのひさしの友だちの？」

「ああ、しげるの家だ。おれは、あいつらが逃《に》げてからにするわ。」

「富《とみ》さん、のんびりしてたら、やられるぞ。」

「わかってる。だから、おめえたちは今日逃《に》げるんだ。おれは、だいじょうぶだ。なあに、だめでもたいしたことねぇさ。家族《かぞく》がいるわけでもねぇし。」

「富《とみ》さん。」

「早く、船のとこに行けって。おれが、しっかり見はってるからな。いいか、音が出ねぇように、船の煙突《えんとつ》に毛布《もうふ》をかっちり巻《ま》くんだぞ。」

「……わかった。」

足音が、またガサガサと広がる。水の音もかすかに聞こえる。何かわからないけど、おそろしいことが起《お》きているようだ。

ぼくは、ただ息《いき》をひそめて、体を小さくしているしかなかった。

突然《とつぜん》、闇《やみ》がうすれた。見上げると、雲が切れて、月の光がこぼれてきている。

「しまった、急《いそ》げ。」

富《とみ》さんのいそがしく両手《りょうて》を動《うご》かしている姿《すがた》が、浮《う》かび上がった。

海では人が、漁船《ぎょせん》のまわりにいるのが見える。小さな船だ。きっとふだんなら二～三人しか乗《の》らないんだろう。こんな船に、十人くらいの人が乗《の》ろうとしている……。

ぼくは目をこらした。

首に手ぬぐいを巻《ま》いた男の人……ちがう、髪《かみ》の毛をしばったおばさん……ちがう、やせた男の人……ちが……いや、あれはたしか……ひさし君《くん》だ。

ぼくは、思わず立ち上がった。ひさし君《くん》、あんなに大きくなってるなんて。となりにいる男の人と同じくらいまで背《せい》がのびている。顔が、前よりもほっそりとして、目がするどくなったような気がした。だけど、まちがいない。ひさし君《くん》だ。ひさし君《くん》のなつかしい顔がこっちを向《む》いた。ぼくを見て、動《うご》きが止まった。ぼくは、右手を上げかけた。

「逃《に》げろー！」

大きな声にふり向《む》くと、富《とみ》さんが体を折《お》り曲《ま》げて叫《さけ》んでいる。

ガシッ……ガシッ……

と、砂をふみしめる靴音《くつおと》が近づいてきた。ぼくは思わずしゃがみこんだ。

「エイッ、シトー　トゥイ　ターム　ジェライエシ？（おい、こらっ！　そこで何をしている?)」

わからない言葉《ことば》が、岩の脇《わき》をすりぬけていく。これは? そうか、ロシア語《ご》だ。

一瞬《いっしゅん》、ぼくは見た。赤茶けた髪《かみ》と高い鼻《はな》と大きな目……それからにぶく光った鉄砲《てっぽう》を……。

「逃《に》げろ、早く早く、逃《に》げろー!」

富《とみ》さんの叫《さけ》びに、船がすごいいきおいで、遠ざかる。

「ストーイ! ア ニェ ト ストレリャーユ! (待《ま》て! 待《ま》たないと、撃《う》つぞ!)」

ソ連兵《れんぺい》たちが、叫《さけ》びながら追《お》いかけていく。

「逃《に》げろ、無事《ぶじ》に逃《に》げろよー!」

富《とみ》さんが走り出した。

ぼくは、息《いき》を飲《の》んだ。富《とみ》さんが、足を引きずっている。もしかしたら、あの時のせいで……。

パン! パパン! パン……パン!

耳につきささるような鉄砲《てっぽう》の音がひびいた。

富《とみ》さんの体が、ゆっくりと前のめりに倒《たお》れるのが見えた。

「ウベェジャール！（逃《に》げてしまった！）」

「ニチェヴォー（あきらめよう）。」

船《ふね》を追《お》いかけるのをあきらめたソ連兵《れんぺい》たちが、口ぐちに何か叫《さけ》びながらもどってくる。ぼくの歯《は》が、カチカチと音を立てた。恐怖《きょうふ》でふるえが止まらない。

これは、何だ？　これはいったい何なんだ？

さっき顔を出した月が、また雲の後ろにかくれていく。カーテンが引かれるように、闇《やみ》がやって来た。

叫《さけ》ぶような声がいくつかからまって、だんだん遠くなり、何も聞こえなくなった。

ぼくは、はうようにして岩からはなれた。体に力が入らない。自分の体じゃないみたいだ。

「富《とみ》さん。」

返事《へんじ》がない。

「富《とみ》さん、富《とみ》さん。」

人の気配《けはい》がない。さっきのソ連兵《れんぺい》たちに、つれて行かれてしまったのだろうか。

波《なみ》の音が、ザアア……ザアア……と、泣《な》いてるみたいに聞こえる。

こんなことってあるか。あっていいのか？

富《とみ》さんが何をしたっていうんだろう？　海を相手《あいて》にして、毎日、コンブをとっていただけじゃないか。悪《わる》いことなんて、何もしていないじゃないか。

――だからおもしれえんだよ、ぼうず――

富《とみ》さんの声が、耳の奥《おく》によみがえる。日に焼《や》けた鉄色《てついろ》の顔が、ぼくの頭の中で笑《わら》っている。

「富《とみ》さん……富《とみ》さん……富《とみ》さーん！」


「広夢《ひろむ》。」

目を開《あ》けると、久《ひさし》さんの顔があった。

「どうした、広夢《ひろむ》？　こわい夢《ゆめ》でも見たか？」

ぼくは、久《ひさし》さんにしがみついた。

そのまま、ぼくは話をした。今、見てきたことを、何度《なんど》もつっかえながら言葉《ことば》にした。久《ひさし》さんに話さないと、心の中に真《ま》っ暗《くら》な闇《やみ》が、どんどん広がっていくような気がしたのだ。まわりの空気が、ひっそりとしずまりかえっている。

「夢《ゆめ》だったのかな……。」

柱時計《はしらどけい》から目をはなして、ぼくはつぶやいた。

「いや、たぶん、行ってきたんだろう。わたしの記憶《きおく》、そのままだからな。」

「そのまま?」

久《ひさし》さんはぼくを見て、だまってうなずいた。久《ひさし》さんの組み合わせた手が、小さくふるえている。

「……こわいよ。何で、あんなことになるの?」

「……戦争《せんそう》だからな。あれはたしか一九四五年の十月ころだった。気が付《つ》くと、色丹《しこたん》島《とう》にたくさんの兵士《へいし》が、ソ連《れん》……今のロシアから来ていた。彼《かれ》らは、十数人ごとに分かれて、島《しま》の人たちを監視《かんし》し始《はじ》めたんだ。いつも銃《じゅう》を持《も》ち歩いて、島《しま》の中を見はっている。おそろしくてたまらなかった。」

ぼくの背中《せなか》を寒気《さむけ》が走った。鉄砲《てっぽう》の音が、耳の奥《おく》によみがえる。

「しかも、本土との連絡《れんらく》はいっさいできない。情報《じょうほう》も入ってこない。うわさばかりが飛《と》ぶのさ。島《しま》の人たちは、全員《ぜんいん》シベリアにつれて行かれて、奴隷《どれい》のようなあつかいを受《う》けるって言っていた。

そのうち、顔見知りのソ連兵《れんぺい》が、こっそり教えてくれた。

『今のうちだ、逃《に》げろ』って、『ここは、もうすぐ日本でなくなる』って。

それで、わたしたちは島《しま》を脱出《だっしゅつ》する決心《けっしん》をした。日本人のまま死《し》にたいって、あの時は思いつめた。必死《ひっし》だった。」

ぼくののどが、ゴクリ……となった。

久《ひさし》さんは、のどからしぼり出すような声で話を続《つづ》ける。

「逃《に》げると言っても、むずかしかった。ソ連兵《れんぺい》は、わたしたちの漁船《ぎょせん》に穴《あな》を開《あ》けたり、陸《りく》に上げてしまって、島《しま》から逃《に》げられないようにされてしまったからな。」

「じゃあ、久《ひさし》さんが乗《の》った船《ふね》は何？」

「根室《ねむろ》から来た船《ふね》だ。島《しま》にいる母親を密《ひそ》かに迎《むか》えに来る人がいてな。その人に、船《ふね》を手配《てはい》してもらうことになった。」

「だって、外と連絡《れんらく》できないって、さっき……。」

久《ひさし》さんは、まゆをよせた。

「ソ連兵《れんぺい》にうばわれたわたしたちの船《ふね》を使《つか》ったんだ。乗《の》っていた兵士《へいし》に酒《さけ》をがんがん飲《の》ませたんだ。酔《よ》って寝《ね》てしまったところで、なかまの船長《せんちょう》たちがその船《ふね》をうばい返《かえ》したのさ。
それに乗《の》って、船長《せんちょう》たちが根室《ねむろ》に行った。それから、島《しま》の人たちを脱出《だっしゅつ》させる計画《けいかく》を立ててたのさ。ものすごく慎重《しんちょう》な計画《けいかく》だ。何しろ失敗《しっぱい》したら、銃《じゅう》で撃《う》たれて終《お》わりだからな。」

「そ、それで、久《ひさし》さんたちは、あの後どうしたの?」
久《ひさし》さんの目が、遠くを見た。

「まる一日船《ふね》で走って、根室《ねむろ》に着いた。十二月のはじめだ。雪は降《ふ》っていなかったが、夜の海は冷《ひ》えた。とちゅう生きた心地なんてしなかったさ。わたしの住《す》んでいたチボイという部落《ぶらく》には、チボイ灯台《とうだい》があった。それが、海を明るく照《て》らすんだ。その灯台《とうだい》をさけて逃《に》げるしかなかった。真《ま》っ暗《くら》な海に船を出したんだ。地獄《じごく》に向《む》かうようだった。」
ぼくにも、見えるような気がした。明かり一つない黒い海、黒い空……。ソ連兵《れんへい》に見つかるのをおそれ、息《いき》を殺《ころ》して船にすわっている島《しま》の人たち。心が、暗《くら》い海にしずんでいくような気がした。

「ぼく、戦争《せんそう》なんて、遠いよその国のことだと思ってた。」

久《ひさし》さんのまゆ毛が、ねじれた。

「富《とみ》さんは、あの時、わたしを助《たす》けたせいで足を悪《わる》くした。だから、逃《に》げきれなかったんだ。」

久《ひさし》さんの肩《かた》がふるえている。

ぼくは、何て言ったらいいのかわからなかった。何を言っても、言葉《ことば》がうすっぺらになるような気がした。だまって、久《ひさし》さんを見ていることしかできなかった。

久《ひさし》さんは、少しの間グスグスと鼻《はな》をすすっていた。それから顔を上げて、にが笑《わら》いを浮《う》かべた。

「痛《いた》た……。しげると相撲《すもう》して投《な》げられたところ、まだ、痛《いた》いのになあ。」

久《ひさし》さんの目がまた遠くを見つめた。ぼくと久《ひさし》さんは、いっしょにあの海を見ていた。

富《とみ》さんの声が、まだはっきりと耳の奥《おく》に残《のこ》っている。忘《わす》れない……ぼくは、忘《わす》れることができない。

「そう言えばあの時見たな、色丹島《しこたんとう》を出る時。一瞬《いっしゅん》だったけど神様《かみさま》を見た。今まで、すっかり忘《わす》れていた。」

久《ひさし》さんがつぶやいた。

「それが、ぼくだったのかな？　その後は？」

「いや。それからは、一度《いちど》も島《しま》には行っていないし、神様《かみさま》も見ていない。」

「あの色丹島《しこたんとう》、まだロシアのままなんだよね。」

久《ひさし》さんは、両手《りょうて》を強くにぎりしめた。

「そうだ。まだ、ロシア領土《りょうど》だ。」

怒《おこ》ったように言うと、久《ひさし》さんはため息《いき》をついた。長いため息《いき》だった。

10

もう一度《いちど》、島《しま》へ

久《ひさし》さんは、すっかりおじいちゃんになってしまった。一日中、ぼんやりと部屋《へや》の中ですごす。まるで、ちがう人のようだ。

「どうしちゃったのかしら、久《ひさし》さん。ますます変《へん》になっちゃって。」

おばあちゃんは、そわそわと落《お》ち着《つ》かない。

「ぼくが来たから、つかれが出たんだよ、きっと。」

そう言うぼくも、体に力が入らなくてまいった。

「広夢《ひろむ》も、何だか変《へん》ね。風邪《かぜ》かしら？」

おばあちゃんが、首をかしげた。

「何でもないよ。……あのさ、ぼく、もう帰ろうかなあ。」

「広夢《ひろむ》、どうしたの、急《きゅう》に？」

おばあちゃんの目が丸くなった。

「何だか、つかれちゃってさ。」

「たいへん、熱《ねつ》かしら。」

おばあちゃんが、あたふたと体温計《たいおんけい》をさがし出した。

少し熱《ねつ》が出てきたみたいだ。ぼくのぼやけた頭の中で、ひさし君《くん》が静《しず》かに笑《わら》っていた。

夕方、父さんが迎《むか》えに来てくれることになった。

ぼくは本当に熱《ねつ》が出ていて、体がだるかった。

「広夢《ひろむ》、だいじょうぶか？」

自分の方が青い顔をしているくせに、久《ひさし》さんはおろおろして、ぼくのおでこに手を当てた。

「寒《さむ》いこちらから、急《きゅう》に暑《あつ》いところに行ったりしたのが悪《わる》かったんだなあ。」

「でもさ、もう一度《いちど》行きたいよね、あの島《しま》。」

久《ひさし》さんの顔が、泣《な》きそうにゆがんだ。

「そうだな、もう一度《いちど》行ってみたいものだな。富《とみ》さんにたのまれた種《たね》だって、ちゃんと用意《ようい》してるのに。」

「富《とみ》さんのお願《ねが》いって、何かの種《たね》だったの？」

「ああ。何でもいいから、めずらしい花の種《たね》がほしいって言ってた。あの島《しま》にはいろいろ美しい花たちがあったのに、富《とみ》さんは島《しま》を花でいっぱいに飾《かざ》りたかったんだな。」

「それで、久《ひさ》さんは、何の花の種《たね》を用意《ようい》したの？」

久《ひさし》さんは小さく笑《わら》って、肩《かた》をすくめた。

「トケイソウだ。」

久《ひさし》さんがつぶやいた時、車の止まる音がして、チャイムが大きな音を立てた。

「トケイソウ？　何、それ？」

「ほら、父さんが迎《むか》えに来たぞ、広夢《ひろむ》。」

「久《ひさし》さん、その花って……。」

久《ひさし》さんは、しぶい顔でひと言だけ言った。

「時計みたいな花が咲《さ》くんだ。」

ぼくの目の奥《おく》がツン……とした。

久《ひさし》さんは、忘《わす》れていないんだ。あの柱時計《はしらどけい》のこと。

「じゃあ、またな、広夢《ひろむ》。」

久《ひさし》さんが骨《ほね》ばった手を、ひらひらふった。

「広夢《ひろむ》、よく休むのよ。おやつばかりじゃなくて、ご飯《はん》をしっかり食べなさいよ。それとね……。」

おばあちゃんが、しゃべり続《つづ》ける中を出発《しゅっぱつ》した。

久《ひさし》さんの太いまゆ毛をよせた顔が、何か言いたそうに見えた。

「広夢《ひろむ》。風邪《かぜ》引いたって?」

父さんが、ハンドルを持《も》ったまま言った
「うん、ちょっとね。」

「何だよ、情《なさ》けないやつだな。」

父さんの笑《わら》い顔は、久《ひさし》さんに似《に》ている。

「久《ひさし》さんにふり回されたな。」

「そんなんじゃないよ。父さんは、何にも知らないくせに。」

ぼくは、ふくれた。父さんは、ちょっとびっくりした顔でぼくを見た。

「お前……まさか。」

「何?」

「廊下《ろうか》を、歩かされたんじゃないだろうな。」

「え?」

父さんは、まゆをしかめた。

「やっぱり、広夢《ひろむ》にも言ったのか。まったく、久《ひさし》さんにはまいるよ。夢《ゆめ》みたいなことばっかり言うんだから。あれには父さんも母さんも、ずいぶん困《こま》ったんだ。」

「父さん……島《しま》に行ったの？」

ぼくの声がかすれてしまった。

「お前、やっぱり風邪《かぜ》だな。変《へん》な声してるぞ。」

「父さん、色丹島《しこたんとう》に……。」

「行くはずないだろう。まいるよなあ、島《しま》の話には。このごろ言わなくなってたから、安心《あんしん》してたのに。そろそろボケてきたのかねえ。お、何だ、危《あぶ》ないぞ、広夢《ひろむ》。」

ぼくは、お父さんのそでをぐいっとつかまえた。

「久《ひさし》さん、父さんに何て言ったの？」

「何だ広夢《ひろむ》、こわい顔して。」

「ねえ、教えて。」

「変《へん》なやつだな。久《ひさし》さんは、広夢《ひろむ》が生まれたころからかなあ。あの家に泊《と》まりに行くと、みんなを廊下《ろうか》に誘《さそ》うのさ。決《き》まって夜中にね。廊下《ろうか》が島《しま》につながっているって言うんだ。久《ひさし》さんの生まれた色丹島《しこたんとう》にさ。島《しま》の景色《けしき》が、廊下《ろうか》の向こうに見えるんだそうだ。だけど、どうしても行けないんだってさ。誰《だれ》かといっしょなら行けるかもしれない。いっしょに歩いてくれって。」

「そ、それで？」

「あのがんこさだろ。父さんもお前の母さんも、しかたなく久《ひさし》さんに付《つ》き合ったさ。だけど、行けるはずないだろ。寝不足《ねぶそく》が続《つづ》いて、母さんなんて体調《たいちょう》くずしちゃって、たいへんだったよ。しまいには、広夢《ひろむ》は神様《かみさま》かもしれないなんて言ってさ。」

父さんたちが、久《ひさし》さんの家に行きたがらないわけがやっとわかった。

「まだまだ若《わか》いと思っていたのに、年には勝《か》てない……あれ、広夢《ひろむ》、寝《ね》たのか。」

父さんの声が遠《とお》くなっていく。

……久《ひさし》さん、ぼくたち行けたんだよね。また行きたいねえ、あの島《しま》に……。ぼくは夢《ゆめ》の中で、何度《なんど》も久《ひさし》さんにつぶやいていた。


ぼくは、その日から三十八度《ど》の熱《ねつ》を出して、三日間寝《ね》っぱなしになってしまった。

ずっと色丹島《しこたんとう》の夢《ゆめ》を見ていた。

真《ま》っ青な海を、ひさし君《くん》が泳《およ》いでいく夢《ゆめ》。となりで、しげる君《くん》が、白い歯《は》を見せている。

カモメがミャーミャー鳴き、エトピリカがすいすい飛び交って、カニが忙《いそが》しそうに歩き回っていた。

ぼくは泣《な》きたいくらいうれしくて、鼻歌《はなうた》なんか歌いながら、二人を見ている。向《む》こうに人かげが見える。あれは富《とみ》さんだ。何だ、元気そうじゃないか。ひさし君《くん》の蕁麻疹《じんましん》も治《なお》ったんだ、ほんとによかった。すごくいい気持《きも》ちで、ぼくはこのままいつまでも眠《ねむ》っていたいくらいだった。だけど、それは久《ひさ》さんがゆるしてくれなかった。

「広夢《ひろむ》!」

突然《とつぜん》ぼくの部屋《へや》のドアが開《あ》いて、ぼくは無理《むり》やり夢《ゆめ》から引きはなされた。

「ン……?」

久《ひさし》さんが立っている。まだ、夢《ゆめ》か?

「何で寝《ね》てるんだ、軟弱《なんじゃく》なやつだな。起《お》きろ起《お》きろ。」

ぼくはまだぼーっとしていて、夢《ゆめ》の中にいるのか、起《お》きているのかわからなかった。

ぼくのふやけた目の前に、久《ひさし》さんの指《ゆび》がのびてきた。

「良《よ》い知らせだ、広夢《ひろむ》。」

久《ひさし》さんは、指《ゆび》で作ったV《ブイ》サインをぼくに見せながら、笑《わら》いをこらえている。

「あら、久《ひさし》さん、困《こま》ります。広夢《ひろむ》は、まだ具合《ぐあ》いが悪《わる》くて。」

母《かあ》さんのおろおろした声《こえ》を聞《き》いて、ぼくはやっと今が夢《ゆめ》じゃないんだ、とわかった。

「どうしたのさ、久《ひさし》さん？　いつ来たの？」

「広夢《ひろむ》、ようやく起《お》きたか。実《じつ》はな、クックック……。」

この笑《わら》い方は、何かいいことがあった証拠《しょうこ》だ。

「何だよ。早く言ってよ。」

「う……む。」

口をへの字にしても、笑《わら》いがこぼれている。

「実《じつ》はな、今度《こんど》、色丹島《しこたんとう》に行けることになった。」

久《ひさし》さんが胸《むね》をはった。

ぼくは思わず母さんを見てしまった。母さんは、肩《かた》をすくめてため息《いき》をついた。

「久《ひさし》さん、あの……。」

「夢《ゆめ》みたいじゃないか、なあ広夢《ひろむ》。」

……ほんとにボケちゃったんじゃないよな。久《ひさし》さん。

ぼくの疑《うたぐ》り深《ぶか》い目を見て、久《ひさし》さんはパコンとぼくの頭をたたいた。

「変《へん》な目で見るな。わたしは、正常《せいじょう》です。ビザなし訪問団《ほうもんだん》で行くんですから。」

「あら、本当ですか?」

母さんが、大きな声を出した。

「はい、もちろんです!」

久《ひさし》さんが、いばってそっくり返《かえ》った。

久《ひさし》さんの話では、北方領土《ほっぽうりょうど》へのビザなし交流《こうりゅう》は、平成《へいせい》四年から始《はじ》まったという。ビザなし訪問団《ほうもんだん》に選《えら》ばれたら、もう外国になってしまったあの島《しま》に、行くことができるそうだ。ただ、誰《だれ》でも行けるというわけではなく、資格《しかく》が必要《ひつよう》らしい。久《ひさし》さんのように、昔《むかし》、島《しま》に住《す》んでいた人はその資格《しかく》があるというのだ。

「それならさ、もっと早く行けたんじゃないの?」

久《ひさし》さんは、口をへの字に曲《ま》げた。

「兄さんたちとは、いつも話していた。いつか島《しま》に行こう。平和《へいわ》になったら……日本に島《しま》が帰ってきたら、絶対《ぜったい》にいっしょに行こうってな。だけど、その前に、みんな死《し》んでしまった。」

ぼくは言葉《ことば》を飲《の》みこんだ。

「わたしは、力がぬけた。今さら返還運動《へんかんうんどう》に参加《さんか》しても、島《しま》に行っても、つらいことを思い出すだけだ。死《し》んだ人間は返《かえ》ってこない。」

富《とみ》さん、しげるくん、久《ひさし》さんのお兄さん、清治《きよはる》……みんなの顔が、頭の中に点滅《てんめつ》した。

「でも、落《お》ちこむのはやめた。島《しま》はなくなっていないし、わたしは生きている。生きているかぎり、何が起《お》こるかわからないからな。金魚だって、海でくらせる時代が来るかもしれない。」

久《ひさし》さんは、にやりと笑《わら》った。ぼくも、思わず笑《わら》い返《かえ》してしまう。

「今の島《しま》を見ることができるなんてなあ、すごいことだ。長生きはするもんだぞ、広夢《ひろむ》。」

久《ひさし》さんの目が燃《も》えていた。背中《せなか》がぴしっとのびている。いつもの久《ひさし》さんにもどったみたいだ。これで、ひと安心《あんしん》だ。

「だからな、広夢《ひろむ》。」

久《ひさし》さんの声が、急《きゅう》にやさしくなった。

「広夢《ひろむ》に、すごい役《やく》をあたえに来た。」

「はあ、ぼくに？　何を？」

「むう……、コホン、わたしに水泳《すいえい》を教える役《やく》だ。」

「ええ？」

ぼくとお母さんが、いっしょに声を上げた。

「何しろ、船《ふね》で行くからな、転《てん》ぷくした時のためだ。備《そな》えあれば憂《うれ》いなし、だ。」

久《ひさし》さんは、つぶやいて、クックック……と小さく笑《わら》った。


次《つぎ》の日から教えろという久《ひさし》さんを、ぼくと母さんで説得《せっとく》して、一週間後にのばしてもらった。

「久《ひさし》さんったら、広夢《ひろむ》が熱《ねつ》を出したってこと、わかってるのかしら。ほんとにわがままなんだから。」

母さんはブツブツ言っていたけれど、ぼくはうれしかった。それでこそ、久《ひさし》さんだ。それに、ひさし君《くん》を教えた経験《けいけん》で、がんこさもよくわかっているから、早いにこしたことはないんだ。

久《ひさし》さんは、ぐんぐんうまくなった。プールに入る度《たび》に、体がまだらに変身《へんしん》するのが困《こま》ったけど、久《ひさし》さんはもう、蕁麻疹《じんましん》なんか、ぜんぜん気にしていなかった。赤い水泳《すいえい》

帽《ぼう》をきりりとかぶって、

「やるぞ。」

と元気はつらつだ。その顔は、島《しま》で見たあのひさし君《くん》と同じだった。

「人間、何年たっても変《か》わんないもんだなあ。」

ぼくがつぶやくと、久《ひさし》さんが水から顔を上げた。

「何か言ったか、広夢《ひろむ》?」

久《ひさし》さんには、おじいちゃんっていう呼《よ》び名はやっぱり似合《にあ》わない、とぼくは思った。


それから四カ月。

ぼくは六年生になっていた。

ぼくには一つの夢《ゆめ》ができていた。色丹島《しこたんとう》に行くっていう夢だ。

ぼくは、がっかりしたんだ。父さん、母さん、それに学校の先生やクラスメイト……

みんな、北方領土《ほっぽうりょうど》のことを知らなさすぎる。質問《しつもん》しても、答えてくれる人がいない。

それなら自分で調《しら》べてやろう。そう思った。

図書館《としょかん》にも通ったし、本屋さんにも行った。インターネットで調《しら》べると、びっくりするくらいいろんなことが載《の》っていた。そこで、ぼくは、こんな文を見つけた。

「ビザなし訪問《ほうもん》ができる者……北方領土《ほっぽうりょうど》元居住者《もときょじゅうしゃ》、その子及《およ》び孫《まご》……。」

孫《まご》？

ぼくだ！　ぼくの胸《むね》が、高鳴った。

ぼくも行ける。あの色丹島《しこたんとう》に、ぼくだって行けるんだ。くらくらするくらいうれしかった。

本当は、久《ひさし》さんについて行きたいくらいだった。だけど、ぼくはがんこでもないし、せっかちでもない。島《しま》に行く前に、しておきたいことがたくさんある。

北方領土《ほっぽうりょうど》とロシアのことをもっと知りたい。それからロシア語も覚《おぼ》えなくちゃな。

いつか色丹島《しこたんとう》に行けたら、そこに住《す》んでいるロシアの人たちと話がしたいんだ。きっと、気持《きも》ちはつながると思う。

ぼくは、がぜんいそがしくなった。目の前が、急《きゅう》に大きく広がったような気がしていた。

久《ひさし》さんがプールで息《いき》つぎをできるようになったころ、ビザなし訪問《ほうもん》に出発《しゅっぱつ》する日がやってきた。

ぼくはおばあちゃんといっしょに、札幌駅《さっぽろえき》まで見送《みおく》りに行った。

「久《ひさ》さん、その荷物《にもつ》、ぜんぶ持《も》って行くの？」

思わず聞いてしまった。久《ひさ》さんは背中《せなか》のリュックの他《ほか》に、両手《りょうて》に大きな紙ぶくろを下げていた。

「む……当たり前です。」

久《ひさ》さんは、背中《せなか》をしゃっきりとのばした。

今日は列車《れっしゃ》で根室《ねむろ》まで行って、いろいろ手続《てつづ》きをしてから、あした船で出発《しゅっぱつ》するらしい。

「気を付《つ》けて行ってきてくださいよ。わたしもついて行けるとよかったのにねえ。」

おばあちゃんは、久《ひさ》さんの帽子《ぼうし》をなおしたりして、そわそわと落《お》ち着《つ》かない。

「だいじょうぶですよ。子どもじゃあるまいし。」

久《ひさ》さんは背中《せなか》をのばしたまま、列車《れっしゃ》に乗《の》りこんだ。

「そうだ、久《ひさ》さん。」

「何だ？」

窓《まど》から、V《ブイ》の字のまゆ毛がのぞいた。

「島《しま》に行ったら、石ころ持《も》ってきてよ。小さいの一個《こ》でいいから。記念《きねん》にさ。」

久《ひさし》さんはにっと笑《わら》って、「オッケー」と、つぶやいた。

その夜、根室《ねむろ》にいる久《ひさし》さんから怒《いか》りの電話がかかってきた。

「係員《かかりいん》に、荷物《にもつ》が多すぎるって注意《ちゅうい》された。ひどいと思わないか、広夢《ひろむ》。この中から一つにしぼれなんて言うのさ。もう、わたしはくやしくて、くやしくて。」

ぼくは、あいまいに笑《わら》うしかなかった。久《ひさし》さんは最後《さいご》に、

「金魚のえさと、種《たね》だけは、ぜったい持《も》って行くからな。」

と言って、電話を切った。

ぼくはしばらくの間、受話器《じゅわき》を見《み》つめていた。

久《ひさし》さんは、富《とみ》さんのことと、それからあの金魚のことを考《かんが》えているにちがいない。

目をつぶる。暗闇《くらやみ》の中に、銃《じゅう》で撃《う》たれて倒《たお》れた富《とみ》さんの姿《すがた》が浮《う》かぶ。

……忘《わす》れない。忘《わす》れることなんてできない。

一瞬《いっしゅん》、海に泳《およ》ぐたくさんの金魚の群《む》れと、風にゆれるトケイソウの花が、見えたような気がした。その時初《はじ》めて、ぼくは、金魚を海に放《はな》したひさし君《くん》の気持《きも》ちがわかる

ような気がした。

受話器《じゅわき》を静《しず》かに置《お》く。

窓《まど》の外に、星がきれいだ。

色丹島《しこたんとう》では、もっとたくさんの星が久《ひさし》さんを待《ま》っているような気がする。

久《ひさし》さんのクックック………っていう笑《わら》い声が、空から降《ふ》ってきそうな夜だ。

ポ〜ン……

はっとした。

あの柱時計の声が、聞こえた。それから、静《しず》かな波《なみ》の音……。ぼくの耳の奥《おく》で、小さくふるえてから消えた。

「柱時計《はしらどけい》のやつ、喜《よろこ》んでるよ、久《ひさし》さん。」

空に向《む》かってつぶやいたら、久《ひさし》さんがV《ブイ》の字のまゆ毛でうなずいたような気がした。


（終《お》わり）

あとがき

北方領土《ほっぽうりょうど》を知《し》っていますか？

北海道《ほっかいどう》の東の端《はし》、根室市《ねむろし》からさらに東の海に浮《う》かぶ島《しま》じま……

国後島《くなしりとう》、択捉島《えとろふとう》、色丹島《しこたんとう》、歯舞諸島《はぼまいしょとう》のことです。

昔《むかし》、この島《しま》じまは日本の国でした。多くの日本人が、そこに住《す》んでいました。

美《うつく》しい自然《しぜん》に囲《かこ》まれ、海の恵《めぐ》みに感謝《かんしゃ》しながら、毎日を静《しず》かにすごしていたのです。

わたしの父は、この北方領土《ほっぽうりょうど》の色丹島《しこたんとう》の出身《しゅっしん》です。

父は、島《しま》のことはあまり話してくれませんでした。話してくれるのは、お酒《さけ》が入って気が向《む》いた時だけです。それも、思い出したよ

うに、ポツリポツリと細切《こまぎ》れで話してくれるだけなのです。それでも、長い時間をかけて、父の話はわたしの中にゆっくりと積《つ》もっていきました。

ぬけるように青い空、すみきったガラスのような海、たくさんの高山植物《こうざんしょくぶつ》や、動物《どうぶつ》たち……。

父を育《はぐ》んでくれた島《しま》は、今はロシアの国になってしまいました。

戦争《せんそう》は、あまりにも大きな怪物《かいぶつ》です。ちっぽけな個人《こじん》では、どうすることもできない。戦争《せんそう》に関《かん》するものなど、とても書《か》くことはできない。わたしは、ずっとそう思《おも》ってきました。

けれど、ある日、ふと思いました。

父があの島《しま》ですごしてきた日々は、どこに行ってしまうのだろう。小さな島《しま》で、きらきらと輝《かがや》きながら過《す》ごしてきた人たちの時間は、ひっそりと消《き》えていってしまうのだろうか？

そう思うと、いたたまれなくなりました。

書かなくては……。

何もできなくても、とにかく書いてみなければ……。

初《はじ》めてそんな思いが湧《わ》き上がってきて、気がつくと、久《ひさし》さんがいそいそと動《うご》き出していました。


北方領土《ほっぽうりょうど》と呼《よ》ばれる島《しま》じまは、北海道《ほっかいどう》からとても近いところにあります。

根室半島《ねむろはんとう》の先《さき》、納沙布岬《のさっぷみさき》から、貝殻島《かいがらじま》（歯舞諸島《はぼまいしょとう》の中にある島《しま》）まで、わずか三・七キロメートル、そして色丹島《しこたんとう》までは七三・三キロメートルです。

納沙布岬《のさっぷみさき》の望遠鏡《ぼうえんきょう》からのぞくと、貝殻島《かいがらじま》で草を食べる馬の姿《すがた》が見えるほどです。そんなに近くにありながら、外国になってしまった島《しま》じま。

たくさんの人たちが、海の向《む》こうに目を凝《こ》らしながら流《なが》した涙《なみだ》を、わたしたちは忘《わす》れてはいけないと、強く思います。

作品《さくひん》の世界《せかい》を深《ふか》く広《ひろ》げてくださったイラストレーターの吉川聡子《よしかわさとこ》さん、作品《さくひん》を読《よ》んで背中《せなか》を押《お》してくださった、あかね書房《しょぼう》の出版部《しゅっぱんぶ》の皆《みな》さんに、この場《ば》をお借《か》りして、心からお礼《れい》を申《もう》し上げます。

そして、色丹島《しこたんとう》からもらったたくさんの宝物《たからもの》をわたしに注《そそ》いでくれた父に。本当《ほんとう》にありがとう。

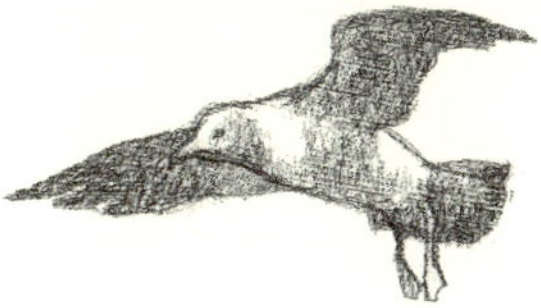

二〇〇四年七月

ひろはたえりこ

作者●ひろはた えりこ（広鰭恵利子）
北海道根室市生まれ。北星学園大学英文科卒業。二〇〇〇年『遠い約束』（小峰書店）で、第16回北の児童文学賞を受賞。「季節風」同人。
作品に、『つりじいさん』（国土社）『ホントの敵はどこにいる?』『牧場の月子』『潮風』『そして死の国へ』『ハヤト、いっしょに走ろう』『ウィニング・パス』（以上汐文社）『ともだちともだち一ねんせい』（あかね書房）などがある。北海道在住

画家●吉川聡子（よしかわ さとこ）
北海道生まれ。北海道教育大学特設美術(日本画)卒業。月刊「MOE」イラストコンテストを経てイラストレーターとなる。
作品に、『ガールフレンド』（NTT出版）『さて、ぼくは?』『アンネがいたこの一年』『生きのびるために』『さすらいの旅』（以上さ・え・ら書房）『短針だけの時計』（国土社）『イソップ』（金の星社）『小さなコックさん』（講談社）などがある。北海道在住。

あかね・ブックライブラリー・9「海の金魚」
2004年9月25日初版発行　2007年7月第4刷
作者　ひろはたえりこ／画家　吉川聡子／発行者　岡本雅晴
発行所　株式会社あかね書房／東京都千代田区西神田3-2-1／〒101-0065
電話（03）3263-0641（代）／印刷所　錦明印刷株式会社／製本所　株式会社難波製本
NDC913／189ページ／20cm
ISBN978-4-251-04189-0

あかね・ブックライブラリー

① スカイ・メモリーズ ――母と見上げた空

P・ブリッソン作／W・マイナー絵／谷口由美子訳

死をむかえる母の、娘への愛情の深さと悲しみを描く。

② 最後の夏休み ――はじまりの一滴をめざして

三輪裕子作／佐藤真紀子絵

子どもたちだけで実行した6年生最後の夏の思い出のキャンプ。

③ ポピーとライ ――新たなる旅立ち

アヴィ作／B・フロッカ絵／金原瑞人訳

シロアシネズミのポピーが、ビーバーたちに戦いをいどんだ。

④ チロと秘密《ひみつ》の男の子

河原潤子作／本庄ひさ子絵

千広（チロ）は、秘密の男の子と出会う……。

⑤ アンソニー ――はまなす写真館の物語

茂市久美子作／黒井　健絵

カメラの“アンソニー”が、龍平さんに語る写真館の歴史とは？

⑥ 大空《そら》へ ――ジョージーとガンの王子

ラングトン作／谷口由美子訳／横田美晴絵

空を飛ぶことを夢見る少女と、ガンの王子との出会いを描く。

⑦ 葡萄《ぶどう》色のノート

堀内純子作／広野多珂子絵

葡萄色のノートに書きつがれた三世代五人の少女の日記には…。

⑧ ナム・フオンの風

D.キッド作／もりうちすみこ訳／佐藤真紀子絵

難民の少女が、背負わされた悲しみから立ち直っていく。

⑨ 海の金魚

ひろはたえりこ作／吉川聡子絵

時と場所をこえて、広夢が島で出会った少年の秘密とは……。

◆以下続刊